那天我突然醒悟我知道我的責任使命信仰我行走于天地之间掠过海面跨过珠峰与日月交谈同星儿会话他们告诉我生命不止永久不息于是我要舞动思想造梦方寸间信步乾坤与你為伴与你结缘共享玄妙之门共享智慧人生

甲午年穗六金怀先生記之

造夢者

劉昊書

卞金怀 刘昊 著

光明日报出版社

图书在版编目（CIP）数据

造梦者/卞金怀,刘昊著，--北京:光明日报出版社,2015.1

ISBN 978-7-5112-7881-4

Ⅰ.①造… Ⅱ.①卞…②刘… Ⅲ.①叙事散文一散文集一中国一当代Ⅳ. ①I267

中国版本图书馆CIP数据核字（2015）第029035号

造梦者

著　　者：卞金怀 刘　昊

责任编辑：谢　香　　　　　　责任校对　傅泉泽

封面设计：王　立　　　　　　责任印刷　曹　净

出版发行：光明日报出版社

社　　址：北京市东城区珠市口东大街5号，100062

电　　话：010-67078248(咨询),67078870(发行),67078235(邮购)

传　　真：010-67078227，67078255

网　　址：http://book.gmw.cn

E - mail：gmcbs@gmw.cn

法律顾问：北京德恒律师事务所龚柳方律师

印　　刷：东莞市信誉印刷有限公司

装　　订：东莞市信誉印刷有限公司

本书如有破损、缺页、装订错误，请与本社联系调换

开　　本：787×1092　1/16

字　　数：50千字　　插图：105　　印张：13

版　　次：2015年2月第1版　　　印次：2015年2月第1次印刷

书　　号：ISBN 978-7-5112-7881-4

定　　价：50.00元

有梦才有远方

——《造梦者》序

王散木

《造梦者》是一部旨在滋养心灵、引人向善、呼唤道德回归的励志作品。

《造梦者》是由一位成功企业家和一位青年书画家联袂打造的一本图文并茂、样式新颖的大众普及读物。从打工仔起步而今自己做老板的卞金怀，以他自己独特的语言风格和表达方式，讲述了一个“造梦者”从梦的萌生、虚实梦境到实现圆梦，这样一个曲折有趣的过程。青年书画家刘昊，则以画家的形象思维和巧妙构思，用水墨丹青为我们勾勒了一百多幅或通俗浅显、或深邃抽象、或言简意赅、或妙趣横生的着墨简洁的画作，而且每幅都有那么几个字到十几个字不等的画龙点睛妙语，内容广泛涉及道德人性、世风人情、阅读休闲、修身养性等方方面面，启迪心智，发人深省。诚然，这一百多幅水墨丹青未必你幅幅都喜欢、幅幅对你都有用，但是，开卷的一幅说：“记着……这里总有一把钥匙打开你的心门！”好简洁的画面，好淳朴的话语！哲思蕴于浅显中。

也许当你刚拿到这本书时，可能会感觉叙述的文字与一幅幅图画似无直接的关联——一个在讲故事，一个在图说伦理。仔细揣摩，你会发现，两者相辅相成，相映生辉，相得益彰！

我给这篇序言命名为《有梦才有远方》，是的，有梦才有远方。普通人有了梦想，就会为这个美好的梦想而努力奋斗。梦，她赐给了我们很多很多。有时，是美好的梦；有时，又是一个令人惊悚的梦。美好的梦告诉我们要怎么做人，告诉了我们许许多多人生漫漫长路上将会遇到的困难；而惊悚的梦，则时刻提醒着我们要提高警惕、不能懈怠。读了《造梦者》，你就该知道了两位“造梦者”为此花费了多少功夫。由此，我们也得到启迪，无论好大好远的一个梦想，只要我们不断努力，不管有多高、多远、多难，谁都能为自己的梦想画上一个圆满的句号。当然，每个人都有美好的梦，许许多多，如同天上闪闪发光的星星，美丽但却数不过来。我们的梦想又会是什么呢？每个人都会说出一千种，甚至更多的答案：有些是对自己学习上的要求，有些是自己今后的理想，还有些虽然不切实际，但这一切的一切，都是我们美好的幻想、憧憬和希望，永远都是那么的可爱，那么的天真无邪，那么的单纯，那么的不可思议……梦，真的是一个好美好美的东西，不知道是谁创造了她，那么好美的她！她，可以让我们加快为梦想而奋斗的步伐，让我们为梦不断奋斗努力，让我们从此走得越来越远，走向那似乎遥不可及的远方！只有她，才能带领我们去远方！

没有眼泪的人他的眼睛是干涸的，没有梦想的人他的世界是黑暗的。太阳总在有梦的地方升起，月光也总在有梦的地方皎洁。梦是永恒的微笑，使你的心灵永远充满激情，使你的双眼永远澄澈明亮。

有梦的人才不会彷徨，因为他的梦里设定有目标、蕴含着理想。有梦才不会像风中的叶子一样，独自随风飘零。有梦才不会像蒲公英一样，四海为家。

梦想已经启程，在坎坷中摸索着前行，前进到黎明前的黑暗时，梦想就是那盏引航的明灯。只要有梦，就会在设定的明确目标的轨道上有序运行，才不会迷失方向。

翱翔蓝天是雄鹰的梦，地平线的那一端是太阳的梦，长成参天大树是小苗的梦，秋实成熟是花儿的梦，为明天的辉煌而拼搏是我们的梦。只要有梦就不会丢了方向，只要明确了目标便会乘上飞往成功的热气球。有梦才有远方，才有为理想而奋斗的方向！

有梦才会有远方，我们迈着奋斗的步伐，从梦想开始的地方起航，虽然道路曲折坎坷，但只要我们的信念坚定，我们一定能够圆梦。因为那是一个金色的梦，装在我们每个人的心中！

金色的梦里包含着太多太多：梦中的爱情，梦中的幸福，梦中的青春，梦里的你我他……

守望着自己的理想，呵护着自己心中那个金色的梦，畅想着宏大的“中国梦”，伴随着时代的旋律，演奏一曲荡气回肠的交响乐，创造一个属于自己的奇迹！

有梦才有远方，别让我们心中那个金色而熟悉的梦，变得陌生了，好好地呵护与守望着那个金色的梦！因为梦才会有远方！

（王散木，中国作家协会会员、中国散文学会理事、中国报告文学学会会员、中国大众文学学会会员、中国毛体书法家协会会员，广东省文艺批评家协会会员，《中国作家》杂志签约作家，中国散文学会东莞创作基地秘书长兼编辑中心主编，中华世纪文化出版社编审，广东人民出版社东莞编辑中心编辑。信阳师院文学院客座教授，中山大学MBA高研班兼职教授，信阳师院广东校友会副会长。创作名录入编《中国作家协会会员大辞典》、《中国散文家大辞典》、《中国小说家大辞典》等典籍。）

造梦者
zaomengzhe

记着……

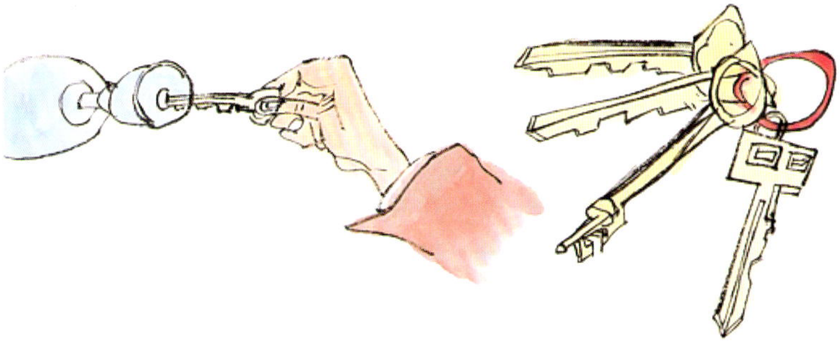

这里总有一把钥匙
打开你的心门

2014年9月17日

习主席大手笔“中国梦”。

东莞河南商会厚街分会在找项目。

杨会长去越南开分公司了。

房东要装修厂房了，在原有厂房上开门面。

我是商会副会长，我能做点什么？

二〇一四年九月十七日，只为一个念头，

我到工商局注册了东莞市思想者文化创意有限公司。

文化创意书　我要做点事了！

业务号：1400565602

收取登记申请材料凭据

卞金怀：

你提交的东莞市思想者文化创意有限公司名称预先核准登记申请材料收悉，我局将在五个工作日内做出审查决定。决定不予受理的，将通知你凭本凭据到我局领取《不予受理通知书》并取回申请材料：决定予以登记的，自决定之日起十日内凭本凭据；领取营业执照或有关登记证明。

申请人已提交的登记文件清单：一、全体投资人签署的《企业名称预先核准申请书》原件一份。二、……

东莞市工商行政管理局（名称核准专用章）

二〇一四年九月十七日

造梦 思想 行动

从旧的躯体中破出新我……

2014年9月18日

有了聘请董书君律师做法律顾问的想法。

有了聘请何锋做财务负责人的想法。

我知道知识产权的重要。申请注册“思想者”已被山东青岛某教育机构于2013年8月份注册。

申请“行动者”已被上海某机构于2012年5月份注册。

“思想者”“行动者”作为我公司内部唯一的宣传标语，已用了三年，凡来到我公司的朋友都见到过。

当时无意识地构想，没想到促成了今日我思想上的再次突破，网名“思想者”本人用了好多年，我的唯一选择，就是超越“思想者”与“行动者”。

从“密秘者”到“隐形人”，从“思想学”到“南天门”一一否定。2014年9月，突然想到，封面“造梦者”，封底“有为者”。经核实并注册成为我们的品牌。

那天应商会朋友之约，去看刘昊老师的书画展。在交谈中我萌发了一个创意，便跟刘老师说：“思想者”、“行动者”是我微信QQ的个性签名。请用实木板，一面刻“思想者”、一面刻“行动者”，以“思想者”示面，后面隐着“行动者”。

于是有了与刘昊老师的合作。

当我把我的想法告诉刘昊老师时候，我们像是多年的故交，引爆了我们的思想。

在没有达到预期目的之前，我们坚守秘密，保护着这个创意。

此木刻板已由刘昊老师制作，现存于东莞市思想者文化创意有好書籍是富貴的階梯……

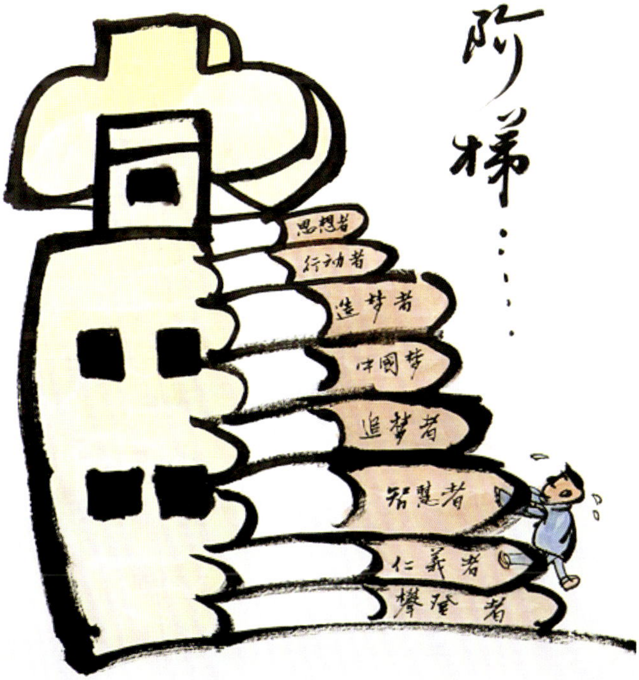

限公司。

有朋友到东莞，请过来喝茶，看刘昊老师用心之作。

思想和行动为“造梦者”服务。“造梦者”掌控了思想和行动，就掌控了人生的幸福。

也就是说，这样你才是真正的主人，不是思想与行动的奴隶。

我把人喻成公司组织框架图，是理性分析人，让大家很容易了解自己。

首先由人”造梦”。你是造梦者。思想和行动为人服务，思想和行动为人的梦境服务。

掌控了思想与行动，予以实现，变成“有为者”，而后“有为者”成为后来人前进的基石。

思考力面前

人人平等

行动吧……

2014年9月19日

我给我的两位合伙人讲："你们管好现在的公司，我要成立新公司了。"

我只说：创意文化、书。

我感谢我的夫人张会平，给我中肯的建议与指导、让我受益匪浅。由做机械制作一下子转到文化创意，她没有怨言并默默地奉献与支持我的选择，主动承担接送孩子上学，照顾我的妈妈、岳父、岳母的工作。

我感谢我的妈妈，是她给了我生命。此时此刻我又想起我去世的父亲的面容。我感觉到了父亲眼睛注视着我，还有很多眼睛，卞氏列祖列宗们。

他们共同注视我的成长，关爱着我，我感觉到了温暖。

"我爱你们！"

我感恩我的岳父岳母给我带来善良天使般的妻子。

"我爱你们！"

亲爱的老婆，我爱你！过好今生，来世还做夫妻。

假如你年纪轻轻就叫生命之苦

请参观市级重病房

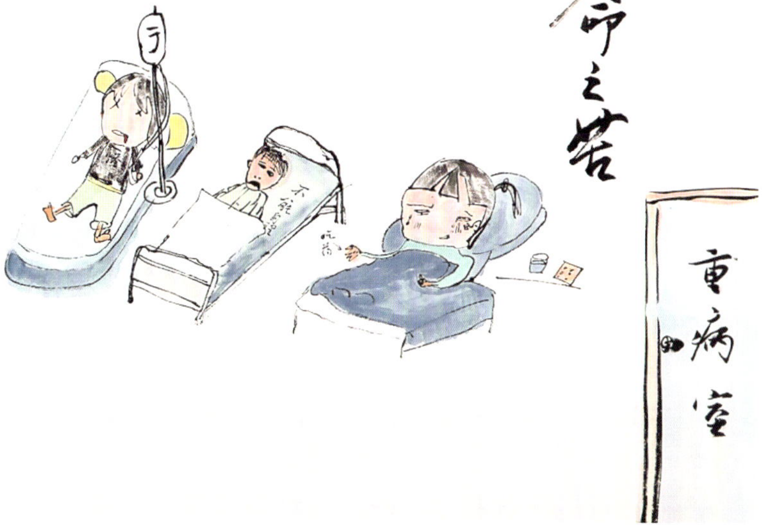

2014年9月22日

东莞市思想者文化创意有限公司筹募投资人企划书

主要经营：文化创意书

核心理念：让书延伸到国家的每个角落。

一、募集投资人150名，每人限投人民币1万圆整，占东莞思想者文化创意有限公司千分之一股权，总计占15%。投资人不参与经营管理，只享受分红。

二、第一期50人，东莞市思想者文化创意有限公司对投资人负责，保证1万元资金安全。如3年后退出公司，东莞市思想者文化创意有限公司退回投资人1万元整，不做其他赔偿（第二期50人4年，第三期50人5年）按投资现金顺序。

三、东莞市思想者文化创意有限公司创意，经营管理价值人民币850万元整，占东莞市思想者文化创意有限公司85%股权。

四、本投资完全按自愿的原则。

欢迎投资东莞市思想者文化创意有限公司！

书、文化、精神文化，是提升民众素质重要途径。

东莞市思想者文化创意有限公司

二〇一四年九月二十二日

首先声明：我的这项工程是在不动用原有公司资金的原则基础上开展的，需要投资人，一个众筹的模式，我这样做的目的：

征服高山，容易过征服自己。

一、让我身边的人成为原始投资人，从中受益。

二、东莞市思想者文化创意有限公司的切入点是书，经销图书。此位置地处厚街环莞快速路边，没有商住区，没有写字楼，我们的小梦想，本身的造血功能，需要人气。

三、交有缘的投资人。

四、1万元千分之一的股份，他们的入股是这么多年来大家对我的了解，相信我。

五、对1万元千分之一的股权值不值？他们很多将不予计较。

我知道我的梦想在何方，并且知道千分之一股份的价值。

以上为暂时想法。

今天一大早，妻子平送儿子上学、捎带着妈妈与岳母去医院。我的妈妈今年76岁了，岳母今年79岁了。我妈妈药吃完了，岳母明天要动白内障手术。

感谢、感恩我的妻子！辛苦啦！

还有重要的一件事。我收到了第一个投资人的现金壹万元。我们是同村异姓兄弟名叫张俊杰，三年前是搞面包车出租的。2012年汴记机械公司需要一名业务员，我问他有没有意愿，月工资2000元，面包车折算3万元由公司收购，那时公司资源整合，发展员工做股东，面包车占公司1.5%的股份。当时跑面包车收入最高时达到8000元。如今他的工资可以拿到五千元，占公司股份5%，提成收入最高每月2万多元。我们都叫他张经理，外面客户都叫他张总了。

我还是很激动，我问他一句话："你为什么要加入东莞市思想文化创意有限公司。"

他只回答两个字："相信。"

物质贫穷

你思想丰富并行动

财富会逐渐展现……

那天，我和刘昊老师谈2014年我的造梦，我想以书法方式表现出来，刘昊老师听了我的造梦，说还是以我自述的方式表现出来。本来人生十条，后来变成了人生十一条。这里面有个故事，待下本书出版时再讲，并加以解释。我先写我的人生追求十一条：

一、我爱我家，兴我中华。

二、我是超级亿万大富豪，智慧者。

三、德高望重，社会知名人士，思想家。

四、我拥有别墅，游艇，直升机，豪华轿车，跑车。

五、我拥有五星级大酒店，大型游乐园。

六、我拥有一流公司，高科技，高利润。

七、为社会进步、宇宙间的美好发光。

八、高朋满座，结四海朋友、精英。

九、创业者的投资人，指导家，导师。

十、展扬国际文化，和谐，和平。

十一、圆满、感恩、回报。

这十一条就压在我办公桌的玻璃下，我一坐到办公桌前，我就看几遍。现在可以说人生十一条是我2014年后的人生指南。

“思想者”“行动者”，思想加行动，行动加思想，形成我的加倍速度，思想能量加倍，行动能量加倍。我当时不知道以什么方式实现我的“造梦者”，现在我有感觉了，你呢？

不让任何环境改变你
圣洁的思想……

2014年9月23日

“映日荷花别样红”可以改为“映日的你别样红”。

如果你是我微信圈的朋友，就曾读过我写的一首小诗，与大家分享：

我爱阳光，
阳光爱我。
我用一生陪你，
你会一生伴我。
就是我去了，
你也会穿越。
照亮我地下的路。

常抬头看太阳，你将直接吸收太阳的能量，从上到下，注入你的身心。

当太阳太强，请你微闭双眼，你会发现你的眼睛通红通红，燃烧你的全身。不要持续太久，以免对你造成伤害。

当早晨或黄昏，你可以直视太阳，你和太阳交心，太阳将会给你无限能量。你定要和太阳成为知心好友！

如果几天不见太阳，我就非常想念阳光！

我的岳母今天动白内障手术。祝福她老人家手术成功。

我注册思想者文化创意有限公司时，就决定以爱铺展开来，展

八缸墨水造就書法家
几人知？
鹅脖子悟道……

示现在的生活。

这是昨天的一件事，我认为有意义把它记录下来，与大家分享！

中午，我接儿子放学回家，并亲自去厨房做饭。我做了一份番茄炒蛋，一盘榨菜丝，浇上了我们从河南老家带来的芝麻香油（我们老家叫小磨油，专业凉拌菜用的）又煮了面条。

儿子赞不绝口："爸爸，好好吃哦！"

我们每人吃了两碗面，番茄炒蛋、榨菜丝几乎被我们两人一扫而光。

我想起了什么？或者要给儿子引导什么？

于是我问儿子：爸爸做饭时加了一种东西，你猜一猜是什么？

儿子望着我回答："是……爱！"

"太棒了！儿子，壹百分！"

这是我想要的答案，这小家伙上小学四年级。

我笑了，儿子摸着脖子也笑了。

我每天会默念这些话睡去：

我完整 完美 强壮 有力 可爱 和谐 快乐 年轻 高贵 富有

醒来时想起这些话，我又会逐步增加优美词语：

我勇敢 成长 自信 发展 幸运 健康 成功 青春 幸福 财富

我的每个神经细胞充满了渴望，这些词如同河流，在我血管里流淌，在我思想里跳跃。

更多的词加了进来：

我和蔼 大度 无私 谦虚 热情 耐心 厚道 真诚 学习 向上

我标准精准公平公正自由自然天时地利人和信仰

这二十个词在我的大脑里一浪一浪，溅起优美的水花，与我的

让生活慢下来

你的空间

自由自在……

人生十一条交相飞舞。

我知道，从今天后，又有十个词语进入我的头脑：

我造梦 思想 行动 团队 产品 法律 财税 资金 使命 有为。

今天与刘昊老师通电话，我问：“几幅图绘好了吗？”

刘昊老师说：“已送去装裱。”

我说：“要加快了，明天再送几幅图过去，争取我们的书店开业时，我们出书。”

计划有序地进行着。

秘密团队在工作着。

“造梦者”已造好了梦，我们要发挥“思想者行动者，义无反顾，坚定推行。

这个地方太偏僻了！这是我这几天来听到的最多的话。也是大家的疑惑！

从公司员工眼神中，我看到他们心中认为我的不可思议，老板又被魔力笼罩着啦！

我知道他们的疑虑与不解，更感觉到他们对我的厚爱和无可奈何。因为我的信念坚决，所有行动在证明着我的思想要付诸实施。因为“思想者”“行动者”——公司唯一的宣传标语，三年来也深深地印烙在他们的脑海。

这个地方卖书，简直是有钱没地方花了。

有些事一定要去做的。

让不看书的人看书。

在八小时之外，也可以诞生奇迹。你也可以。

人有浅层次思考，中层次思考，深层次思考。

纵使富有

你思想收缩并失去行动

财富会莫名散去……

很多人懒得思考，缺少行动，做不了自己的主人。

我理解他们，我爱他们，我只能说卖书。

我能说写书吗？然后经过出版社出版，全国新华书店发行。因为他们中间很多人都知道我的学历，一个高一只上半年的人，一个正做鞋材机械与鞋材布料的人，在生意忙得不可开交的时候，去写书，简直是异想天开。

那太玄了！

晚上9点到家，老婆讲岳母的眼睛手术很好。我再次祝愿她老人家早日康复，长命百岁！

我想起刚和平结婚后的日子。由于当年在老家做生意失败，在农村我们一下子变得拮据起来，每次到岳母家临走时，总会带一些香油、半斤绿豆、玉米粒等农副产品。岳母送我和平到村口，恋恋不舍。回想起来，眼泪在眼边打转。

一种莫名幸福与感动！

我和平外出到东莞厚街打工，我1岁的大女儿留在岳母身边，直到4岁时，我们的经济状况有些好转，才把她接到身边。

我感恩我的岳父、岳母。

“我的亲人！”幸福而又感动的片刻回忆。

还是要把我的思绪拉回来。

今天一大早，我给东莞市三量五金机械厂有限公司合伙人邹必旺先生打电话说：“一个企划已发到你的微信。”

上午11点26分，收到短信，收到邹先生壹万元整。

这是我收到的第二个人投资的现金，我发出我衷心的谢意！

我创建的微信群已有12人了，他们都是同意投资的人。

房子只是遮避風雨的居所

而你卻成了房奴……

邹必旺，江苏人，2007年资源整合，我们成为合伙人至今。他从打工仔开始，后从小车床加工做起，如今已做到有厂房3000平方米，员工五十余人的小型企业老总，在轮子加工、车床配置方面在东莞数一数二。

我最好的合伙人，一个用心行事的人。

我感觉到了日子的迫近。

我把思想调到“不慌不乱”的节拍上，思想者定能控制思想向我造梦的境地前进。自由，自然，我心里顿时现出两个词，我几十个优美词中的两个。

一切都在那个日子，在那个时间，某个地点，恰到好处的相逢。

我从没出过书，需找出版社及合作方式。

我不烦恼，也不发愁，顺其自然，做我该做的事，因为我的思想和行动已向空中发出一种声音，“喜乐子”会传递我的需求。

思想是一种超高级能量物质，我把她称作“喜乐子”。

我相信，有缘并适合此书发行的发行商，已接到通知，待我们书稿完成之日，他们就会如约而至。

“造梦者”已造好了梦，飘至我头顶，涤入我灵魂，呼唤着我所需要的。

我要做的，静下心来，与之保持不间断地共处。

异想打开天门，也是我对“异想天开”的解释。

控制思想　控制行动

加速思想　加速行动

思想在哪里，行动紧随！

浅层次思考
中层次思考
深层次思考

这几天谈得最多的话就是书。

有人跟我谈生意，我就会聊到书，讲到我厂房旁的门面房，我要在那里开个书店。

办公室是连通的。我一讲到书，大家就有点笑意。说书的好，很多闪光句子，予以记录：

书是家庭最有智慧的装饰品；

书将给后代带来：完整、完美、高贵、富有……

我熟记的几十个字词随意跳几个出来，你将惊讶于我的词汇。加以修炼，你也可以拥有。

在这个城市偏僻的地方都有书店，证明这个城市文化普及和文明程度。因为我的书店位于东莞厚街博览大道边，现升级为环莞快速。

我更有底气地说："请来东莞吧！"

你们看到此书，一定会想到厚街看看东莞市思想者文化创意有限公司，看看"造梦者"，看看我们的厂房，看看"造梦者"桌子上玻璃下压的人生十一条，看看我们公司已有三年历史的"思想者""行动者"这唯一的标语，看看东莞——这个年轻的城市。它不但是制造名城，还有很多"造梦者""思想者""行动者""有为者"。

有正反两面木刻的"思想者""行动者"。

有封面是"造梦者"，封底是"有为者"这个文化品牌。

欢迎到这里购书！

有签名哦！

當你意志不堅定的時候
多看看向日葵……

2014年9月25日

早上被老婆的手机铃声唤醒。

“喂？”

由于早晨宁静，手机那边的声音清晰可鉴。八十三岁岳父的声音：“平开车去医院时拉上我，我也去看看你妈。”

“好的，爸！”

这温暖的声音让我联想到我老的时候，也拉着老婆平的手，散步在夕阳下某公园或乡间小道。

我又想起2011年年初的时候，我赖在床上不想起床，被可爱的老婆拎着耳朵从床上揪起，非让陪她散步不行。

散步的地点位于小区旁的凤山公园。凤山公园小是小，但是有灵气，有亭，有山，有湖。湖中铺了两个角的莲叶及莲花。有一段曲曲折折的湖中小道，还有一块四方湖平台，我心中命它为“观海台”,在“观海台”的左前方，也有个台，背靠凤山，我曾称它为“点将台”。

如果你站在观海台看莲花湖，心平气和，层云在湖中飘向远方。云将带来去年你许的愿，带走你现在的心愿！前提是你真的相信，你真的渴望，你真心地真实拥有。这就是你“造梦者”一个梦境，然后“思想者”“行动者”互相交替，快速进化，将有奇迹诞生。

你现在去观莲叶快要铺满整个湖面，因为莲叶与花都在生长。如果你站在“点将台”眼光扫过湖面，投向远方，你背靠凤山，你的心中将会生起无限勇敢自信，你像出征的将军，攻无不克，战无

你想得到什么

先给予真誠的思想

再给予虔誠的行動

不胜。

至于站在凤山塔上的领悟，你亲自去体验吧！

我就是从凤山走出来的！

来自于这几年凤山散步，我对凤山有一种莫名情感。以至于我深深喜欢她，爱她，她也一样深深爱我，给我以强大灵性。就好像我是凤山与大家的沟通者，凤山把她的秘密告诉我，让我告诉大家来看望她，并带走她对你的祝福，对你的爱。你的生活将不再平凡，你将展开新的一页，前提是你充分地相信。

你是“造梦者”。

你平静的来，或走或坐，将你来年梦境定位，固态下来，然后离去。

“思想者”“行动者”思想加行动，行动加思想，重复叠加，造就你的思想加速快速打造的梦境。就像我的人生十一条，就在凤山构思，形成，然后打造成我的造梦。

你的梦境写下来，放在你每天能看到的地方。

如果你稍有怀疑，你不要来，因为我能感应到，凤山能感应到，你自己也知道。

凤山塔楼，时常听到“喊风者”的声音。

站在凤山的塔之顶，你要聚天地之气，尽情向上伸张你的双手，跳起来，大喊三声，喊出你最想要的。风儿会给你带来远方的云，那就是你要的心愿。

那就是空中之灵，凤山之灵，你头脑开光之灵。如果你觉得还不够，你可以跳起来，喊到筋疲力尽为止，然后平静地写下造梦之内容，鞠躬平静地离去。

不要打扰凤山。

其实你什么都不缺、
你98%的需求
在你的世界
里沉睡……

她同你也该休息一下了！

我心里有这样一个很玄的理论：无论你站在地球上任何点，都是最高点。写到此时，我手机里收到信息，张燕青所发：“卞叔有时间把你的账号发过来。”我即时发出了东莞市思想者文化创意有限公司众筹投资人企划书及我个人账号，附“感谢！”二字。

整理一下思路，把思想定在写作状态。

凤山，我一到这里，我就喜欢她，爱她。凤，中国人心中吉祥之物。

我怎样才能吸收凤山之灵？

我最后想通了，与凤山交朋友。

我沿着凤山周边路走了两年，我和老婆平一起。我读她一土一石，一花一果。我读她早上阳光，读她雨中细步，读她的心，回及自身。

我的一言一行，我的“思想者”，我的“行动者”，我心中的梦。这两年来，我沿着凤山潜心修炼，踏出左脚默念：完整；踏出右脚：完美；左脚：强壮；右脚：有力……几十个优美词汇诞生于凤山。

早上散步路上，布满了优美的词。

如果你想来，这里早就布满优美词汇的灵气，等你来吸收，也等着你留下优美的词，散发你的灵气。这里还留着我熟背《心经》的声音。这里的灵气，如同太阳的能量，用之不竭。我的思想在凤山，无所不入，无所不出，无所不可，无所不达。

凤山，我家后花园，等你来做客。

你的最高思想准则是什么？

决定了你在社会中的角色……

人与大自然一样，人与地球一样，含有同样百分比的水分。

在通常的眼光中，水是向低处流的，其实水是向高处走的。

大海每天向天上蒸发水分，等同河流流进大海水量。

从海水蒸发的水分，才是水之精英，腾化成云，降下成雨，雨流成河，河归大海，天地循环，无一不是。

如同先有“造梦者”，然后是“思想者”、“行动者”，再成为“有为者”、“有为者”，后来又成为后来人前进的基石。重复更新，推动人类文明，同样在推动宇宙的进化。

二十一世纪，中国人的世纪，中国人走向开悟的新世纪。向宇宙发出强烈声音——“中国梦！”凝聚中国人之大气，推进世界和谐、和平。

推动历史演变，推动文明高度进化。

跟着时代声音“中国梦”，我们奉献各自正能量，前进！

感谢脚下的土地！它承受着你我生命之重。鉴于目前科技的发展程度，还没有让人类长期离开大地的方法，我们必须与大地互相感通。

高科技的飞速发展，新生事物层出不穷，许多人意识到与时代脱轨。

你也可以站在时代前沿。选好专业，你潜心在里面研究十年，思想加行动，行动加思想，你也许成为这个专业的精英。

自古至今，所有悟道之人都在讲着一个道理：造梦、思想、行动。

探寻内心世界的深度与广度，标志着思想外部所展现物质层面的高度与远度。

盲人摸象发出了自己的聲音

你发出自己的声音了吗……

一代人一代人的思想进化更迭，演绎外界物质文明起起伏伏。

今日再绚丽的外表，十年以后，在新事物出现后，也黯然失色。

如果你的外在文明继续走在前面，唯一做的就是改变思想，做好当下事，不断建立新的事业上基点。

今日的成功，到了明天，只是做了一件事。

今日的生活水平，是昨天造的梦。

现在造未来之梦，思想，行动。

还是要记下今天发生的事情。

上午，哥哥打电话说他要投入两万元。

我说："一人一万元。我的亲哥哥，第三位给我投资的人。哥，你是投资人，你是老板，弟是为你做事。"

哥哥忙说："哪里哪里！"

喝茶聊天，哥哥则想谈股票。

"兄弟你要想买股票，改天我教你，我投了一些钱赚了几十万，我还不想卖，卖了就赚，不卖就等着再涨，不要告诉别人。"

而我则想聊书。我们都各自掌控自己的思想，聊各自最爱的部分。

你为什么投资东莞市思想文化创意有限公司？

哥回答："就是想有空来坐坐，喝喝茶！"

我的哥哥2003年跟着我一起做机械，后来出去单干，两个工厂相距很近。我们制造相同产品，但不存在竞争，有的只是互相帮助，互尊互爱。

哥哥在做好机械产品加工的同时，研究股票，经过几年滚打摸

為民.為國者方可為官

爬，他找到了他的股票心经。

哥哥在做好主业时，他也造梦：股票梦。

感谢哥哥！多么朴实的话语——“有空来坐坐，喝喝茶。”

房东尹先生也在造梦，他的梦想就是把原来的旧厂房改造，把靠在博览大道马路边厂房改变成临街门面，这样可以提高三倍租金。

他正在付诸行动。他兴高采烈给我讲规划，名称：智海商业街。租给华力士、智海、汴记机械和我刚注册的东莞市思想者文化创意有限公司。

我也在造梦。我要租下他三间门面房，搞文化项目。我给他讲着我的计划：募集一百五十人投资，每人注资一万元。我给他看企划书，我的目的很明确，也想把他拉进来，成为我的投资人。

一万元千分之一的股份少了点。我给他讲书的故事。书可以改变人，改变城市的文明度。我们在这偏僻的地方建起书店，做文化项目，那是吸引众人眼球。

我们门前由镇级公路博览大道升格为市级路“环莞快速”，路过的车辆会逐渐增多，我们将成为厚街镇的一个文化招牌。

“那会得到政府资助的。”

“但愿如此。”

我们会心一笑，他进了我的微信群，房东尹先生成为意向投资人。

房子再过一个月就可以改造好！

汴记机械有限公司经理邢文武，我的表弟。

2003年进入东莞市汴记机械有限公司，如今已有十一个年头

你爲什么穷

古人云：書中自有黄金屋

你从来不读……

了。

我十分喜欢他，年轻、能干、思路清晰，行为果断，喜欢做有时候我都想不到的事。2011年公司资源整合时，购进汴记公司百分之十股份。我们全心打造东莞市汴记机械有限公司，与张俊杰经理一起组成团队。我们公司在这两年鞋业不景气时，营业额逆市增长，靠的是团队的力量。

我同样问了一句话："你为什么加入东莞市思想者文化创意有限公司？"

"相信你。"

张燕青，东莞万江三量五金机械骨干。昨天我给丈哥（二哥）说投资企划时，他也在旁，说要投资。我知道他们只知卖书，不知道怎么卖，不知道投资有风险，不知道盈不盈利，就是一个字——投！

今天上午给我发信息要账号的人张燕青，一个和我说话不到二十句的人，让老婆陈皎把钱打到我卡上，一个不到三十岁的小伙子。

万分感谢！

虽然东莞三量五金机械有限有我一点股份，我很少去，也不参与管理，以至于昨天吃饭时我记不起他的名字。由于邹老板和张燕青都是卡转账，改天再问为什么加入东莞市思想者文化创意有限公司。

8:30分，收到刘昊老师微信："我等你哥哥，你的事情太有意义啦！"

"我也有时间紧迫感，啥事也没有这个事情有意义，有思想，有感觉……"正同明恒刘总、邢经理在我办公室喝茶，我起身致歉告辞"有事先走"。驱车到刘昊老师的店里。刘老师的店在东莞可

孩子你要照顾好自己
一個连自己都不爱的人
怎么会爱别人

园旁一个小艺术区里。

见面谈书法及画的构思，以及我的思路。因为是第一次写书，并且在短短的三个月内造梦、出书，在书店开业时有一本自己的书可以卖，需要至少100幅绘画。所以需要商量构思，寻找话题，激起灵感碰撞。

思想加行动，行动加思想。我们是“造梦者”，我们知道梦由心生。

“心想事成”不是一句简单祝福语，而是成功秘诀之一。

我的写作方式得到刘昊老师认可，我们分享部分收获。我的投资人的投资方式让刘老师感动，我也感动。150人，150万元占百分之十五股份，本身就是一个奇迹。

要收集150人说出为什么加入东莞市思想者文化创意有限公司的真心话。150句震撼人心的话，集结成册，这本身就很有意义——又有一个创意萌生。

我的微信群里现在已经有17位意向投资人，实收到账资金5万元。

韩哥，经常在一起的兄弟，对于投资东莞市思想者文化创意有限公司，韩哥说可以，但从感觉中并不看好这个项目。韩哥经营两家小企业，一个做EVA鞋材，另一个是皮革冲孔、激光电脑冲孔。是营销业务方面的高手。

但我不能告诉韩哥东莞市思想者文化创意有限公司是“造梦者”，写书，自己出书。一个集创造阅读于一体的休闲基地。由“造梦者”造了一个大梦，然后思想加行动，行动加思想，此时造的梦意义远大于了我的“人生十一条”，虽然我们是要好的朋友，但说出来他都不会相信。

我能在三个月内写一本书，全国新华书店发行。敢讲给谁听，

傻子失去思想的人

拥有無数家产毫无意义……

一个高中只上半年的人。

一个做贴合机械的，一个卖鞋材热熔胶定型布的，想在一夜之间卖书，可能会惊爆众人的眼球！

我要思想加行动，行动加思想，我知道我的创意，我“造梦者”所造的梦境！

别让别人的一句话改变你的思想。

别人的话对你不重要，重要是做好自己。

你要得到什么？你想得到什么？你真正想真实拥有什么?!在遵守法律及道德的基础上，坚定自己信念，活出自己的风采。

人不要和别人争与比，和谁争与比你都不要！你是智慧之人。

你坚持做好自己的，终将有一天梦想会实现。

有的时候，我一个人开着车，关上玻璃大声喊着：人要纵横捭阖，合纵连横，无中生有，化不可能为可能，化腐朽为神奇，化干戈为玉帛，谈笑中囊括个好山河！

只有自己听到自己的声音，你也可以试试！

骄傲之人学习为零……

子夜零点了。

关于东莞市思想者文化创意有限公司众筹投资人企划增加部分设想如下：

一、以后面对面和朋友讲，并拿出企划书。

二、增加：如果你愿意投资，请在记录本上写下祝福，并在三日内汇款。

三、如不愿投资，请在记录本上写出对东莞市思想者文化创意有限公司的祝福语，对写祝福的朋友表示感谢。在我们开业时多买几本书，关照一下我们的生意。

由于处于筹备阶段，需要一位整理文案执笔人。

一、任务重点，还需要145位投资人加盟。

二、构思200句独具风格的语言、二百幅独到意境的绘画、10万字的文字稿。

三、营业执照请何锋办理并兼管财税代理事宜。

四、第一个品牌的封面用“造梦者”，封底用“有为者”，商标事宜请代办公司予以跟进。

五、剩余85%股权分配。

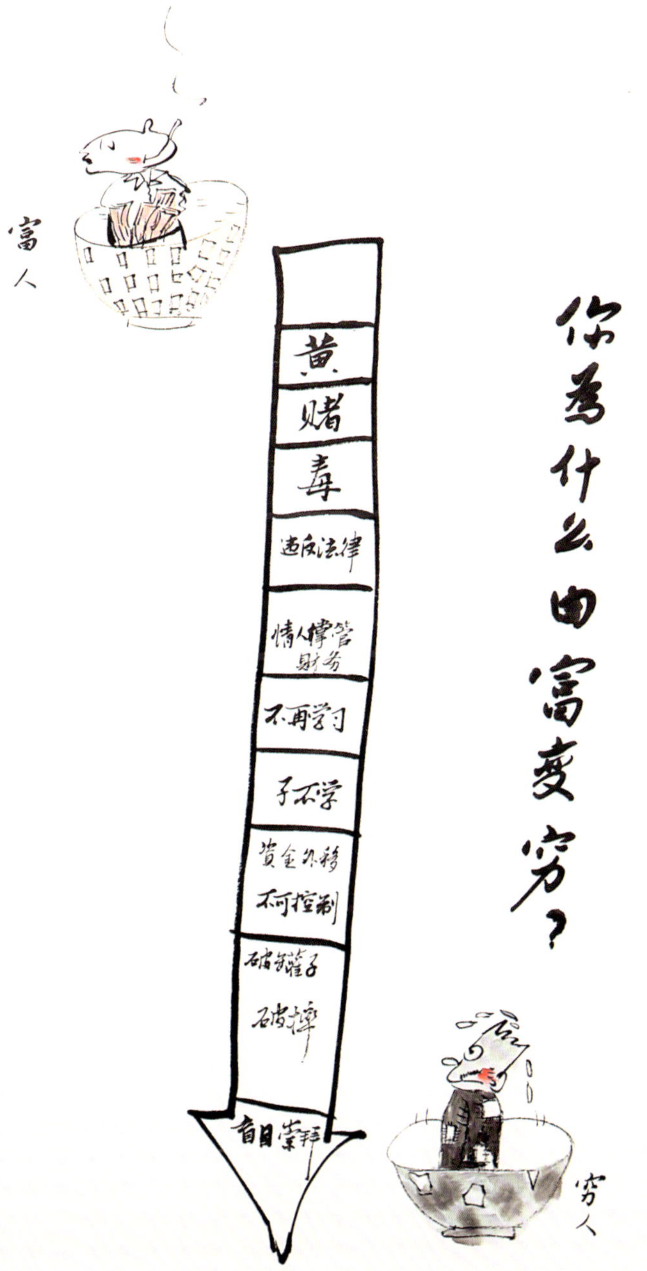
富人
你为什么由富变穷？
黄
赌
毒
违反法律
情人掌管财务
不再学习
子不学
资金外移
不可控制
砸饭罐子
砸掉
盲目崇拜
穷人

2014年9月26日

赵文军，东莞市思想者文化创意有限公司第六位投资人。

今天上午刚坐到办公桌前，邢经理拿出一沓钱递给我说：“这是昨晚赵哥送来的，昨晚你刚出去赵哥就来了。”

接到这一万元的时候，心里突然跳出了两个字：责任。

我仿佛拿到的不是钱，而是弟兄们沉甸甸的感情！

我还是把思绪拉回来，为我造的梦出谋划策，然后付诸行动。

赵哥赵文军，我们有十多年感情的好朋友。他是一名电工，在一家私人供电房工作，听说月工资两千多元。他为人踏实勤劳，供电房一般没事，就接安装水电私活，作为业余收入。买了一辆五菱荣光面包车，由于赵哥人缘好，结识了不少朋友，给厚街台资广泽厂大陆高管们接送孩子上学放学，每天两次，又多了一笔收入。加上老婆也在工厂打工，一个月收入2万元还是没有问题的。

桥头三工业区河南人多，大家都称他赵哥，是《造梦者》的第六位投资人。

如果失去信任，大自然就有种物质因子，在传递着你的信息，失信越多，最后结局是堕落。

思想与行动快速连接，你就会缩短成功的时间，走向无障碍快速前进通道。拖延将是致命的硬伤。

其实，你在推迟的同时，大自然激情也在推迟，时间久了，大自然激情物质就会被比你更有激情的人吸收，你的身边也将会被惰性或无法实现承诺因子笼罩，失掉你原有气场。

没有信仰的人
你的生活层次低端
無論精神
無論物質

对于为善为上之事，除非你不开口，你有否定的权利。相反真信刚打开，你就把他关闭，你不是失信一个人，而是整个社会。

“造梦者”运作十天，问题出现：老婆平不同意注册公司。

于是，老婆和我约定，先不办理营业执照，到2015年元月1日时，我出完全的计划书，我们两人完全通过后再注册登记。

当时我为了快速征得老婆同事，就答应了。

但所有的行动仍然按我的计划，一切都在有序进行中。

她一直忙着岳母就医的事。我则思考着创意绘画以及文章日记的记录，接送孩子，做饭，吃饭。昨天中午，我的儿子突发奇想，说：“爸，你是我第二个妈妈。”我只有真心的爱与付出，才能够换来儿子真心真言。

昨晚记录25日发生的事，12点多睡觉。其中一条，让何锋做财税顾问，办营业执照。

前进的列车一旦启动，不是主导者很难阻挡。

我老婆最大爱好之一：打麻将。每天中午刚吃完饭，老婆的手机就响了。老婆还没接电话，我们孩子都讲：“秋婆娘。”（秋婆娘是麻将馆老板娘）“马上到。”老婆就急匆匆“上班”去了。

我说这些，并不是说老婆不好，她做事挺有条理。接送孩子上学，做饭，孝敬三位老人吃穿住行。因为是汴记公司的出纳，上午上班报销账单，开税票，备各种来料发票。晚上要核对应收款及应付款账目，下午就去打麻将。

她说她喜欢，除非哪天她不想打了，就不打了。我也希望她开心。

一、你是主导者，别让别人限制你的企划发展目标、方向。

你是自己的伯樂……

二、前进状态的人和非前进状态的人，根本不是一个级别，跟财富无关，跟学识无关，跟亲情无关，你无法解释。

三、不让外行主导内行，他不知道内行人要做什么。

四、她没有“造梦者”的冲动。

五、追求安宁是在不发展基础上，那是失败的先兆。不想听，听不懂，完全认为你在冒险。

用思想去领悟，任何一件平凡的事都有玄门，真心去体验，皆妙不可言。

你不要看不起任何人，就是在路边捡垃圾的老太太，她也曾经年轻过，貌美如花。她也是位慈祥的妈妈，她的儿女也许在读大学，也许就是当地父母官。她是开悟女神，捡拾大自然的遗物，变废为宝，自力更生。我们都要给予深深尊敬和爱护。

我看到那些清洁工，我也对他们尊重。他们也有自己的思想，哪一天突然灵光一闪，放下扫把，经过几年或十年的打拼也能建起自己的基业。

不要炫耀你的财富，在智慧人生面前，只是你的钱多些。也就是现在流行的一句话：穷得只有钱啦！

任何人，明白事理，造就一个梦境，都可以成为造梦者。

然后“思想者”、“行动者”，思想加行动，行动加思想，如快速转动的活塞杆，加速你“造梦者”梦境的实现。

如果你造好一个较高梦境，每天为梦境而奋斗，加速你思想进化，再快，再快，你将不用付出很多行动，一样达到梦境。比如走路，以前步行、骑牲口、坐牛车、坐汽车，现在是火车、高铁、火箭、飞机、飞机航天。

你明亮了思想
方見萬家灯火的溫馨……

一天几万个想法，只为一个梦境服务，将省略不必要行动。

道理是悟出的。最初人间其实没有什么道理，人们思想与行动不断进步，开悟者记录某些话，最后成为名言或警句，或片面，或局部。

其实所有道理只是以前道理的翻新与更进，或换种说法、做法。都在讲一个道理：造梦，思想，行动，有为。继续造梦，思想，行动，有为。如果你按照这个理论走，在我们有生之年，此理论也是人生支撑点的一部分。

我从萌生造梦到现在有两三年了（产生我的“人生十一条”），其实我一直在想，我怎么才能成为亿万富翁？物质的、精神的。

这个想法一直在我脑海里跳动。

我陪老婆平每天到凤山公园散步，在默念这些词时，心中总有种渴望，它在哪里？怎么才能到我身边。边走边想边看，走着走着走进阳光路段，我突然感觉到阳光的舒服与可爱，这是我四十多年来从没有的感触。以前在农村生活以及初到南方天气炎热，使我从不敢恭维阳光，可是突然就爱上它了！我微闭双眼，感受太阳的能量。并意识自己吸收太阳能量，又尝试与太阳交朋友。

我想象我的其中一个我走进太阳，与太阳喝茶，聊天，并与太阳长谈。他的能量，他的奉献，他的家族及人类爱阳光。尽你所能想，太阳世界也是那样美好：有花，有水，有山，有思想，有行动。

你也可以想象为孙悟空，在太阳火炉里烧了七天七夜，出来是火眼金睛。有点神话感觉。我觉得自己没炼到火眼金睛，但似乎开眼，我如法复制，凤山的山，凤山的水，凤山的一花一木，一亭一

容易走的
都是下坡路……

桥，我与凤山成为好朋友。

我有时沿着凤山不打伞在雨中行走，凤山雨是我心中最好的雨，我觉得连通了自然之光，妙不可言。

我要成为亿万富翁，首先要认识亿万富翁，学习亿万富翁的长处，要知道他们的思维与想法。一句话，拜师学艺，最真切的渴望。

当你持续的真心渴望某种事物时，机会就真的出现了。

东莞河南商会厚街分会预备成立。

由朋友王昊会长引见，参加意利科技公司杨崇国先生组建的东莞河南商会厚街分会，杨会长身家早已过亿，越南、柬埔寨都有办事处，预备在河南临颍建立分公司。

河南商会厚街分会从组建筹备团队到正式成立用了4个月时间。于2014年元月12日宣告成立。

荣誉会长：周盛环

厚街分会会长：杨崇国

秘书长：李中魁

监事长：刘晨阳

法律顾问：董书君

财税顾问：何锋

副会长：杜超、马彬、王昊、卞金怀、张涛、海沛沛、王海林、贡东欢、李明、张存伟

2014年元月15日，东莞河南商会成立。东莞市河南商会会长程恩波。成立当日，几十位副会长，会员几百人，千人大会场景记忆犹新。城区、万江、虎门、长安、塘厦、清溪……都在酝酿筹建分

你為什么穷

你懶得思考行動無效……

会。

商丘“5+2”商务考察，三十多人团队吃住一起十多天，你会被同化！以上经历遴选、开会、讨论、日程、目的……大家互访。

如果你虚心学习，你不知道要得到多少！

最重要一点，我的心得一定要跟大家分享。

在商言商。加入商会，会员交费4500元，副会长4万元。

华织鞋材王昊会长打钱的第3天，我也毫不犹豫地打入4万元。如果你是会员，一年难得开两次会，副会长每月就有两次聚会。你知道的，这是学习亿万富翁最佳机会。感谢王昊会长引进，感谢各位会长的言传身教。半年来经历无数项目，集资，开会洗礼。

半年内认识的河南各界精英在东莞这么多年总和还要多。

在同家乡项目对接中，你将经历无数的会议，参观一流公司，开阔眼界，增长见识。与家乡各地政府互通资源。你学习到的，你增长的知识，岂止4万元。

于是就产生我的企划。

我知道，它将引爆我的“人生十一条”。

其实，在公布“人生十一条”时，我又造了一个梦，它将是什么？

今晚赵哥带两个朋友拜访我，我们喝茶聊天。其中一位我认识十多年了。他们两位问我股份是不是少了？每年回报率，退出能不能补给利息。

他们考虑的出发点就是现实效应，从没考虑过会认识一百五十位朋友互相学习的机会。

赵哥带给人气，谢谢赵哥。

孩子

假如我的生命

還有三四十年

我们

还有多少时间在一起

在我第一次以演讲者身份讲了半小时后，他们似有所悟。

人总是要向前走的，当你站在某点观望时，很多人会悄无声息走过。

你会发现，无论你起的再早，路上都有人，并且有夜行的人，他们在前进。

如果你向北行，目的地北京，路经南阳，就是多美的白河风景，你最多逗留几天，继续前行。如果目标是南阳，你绝对不会到郑州。

你的目标很重要，你思想长度是你行动标尺。

我和老婆平、女儿一起喝早茶。

我们心平气和谈昨天意见分歧，女儿像是双方辩论的主导者。

首先老婆平说出自己的意见：一、你应该遵守2015年元旦注册约定。二、要有完整的细节规划和企划。三、以后你的讲话方式、节奏及情绪控制需要改进。

我说："首先对老婆平提出的三点建议表示感谢！"

我遵守约定及认真的态度赢得她们的默赞，从她们的表情可以看得出来。

关于第一个问题：首先我承认自己没有和老婆沟通，这几天事情实在太忙，并且时间不等人。厚街河南饭店开始进入装修阶段，由董书君律师主导并已集资71万元的项目。

我想与董书君同步，在他饭店开业时，我们的书店也要开业。

房东的门面再有一个月装修好租给我们，我们也需要一个月装修，所以在我们书店开业时，要办好所有手续，现在离2015年元旦还有三个月的时间，2015年元旦去注册已错过某个点，所以没提前

你为什么穷

你的鼻子从未闻过新钞的香味……

告诉老婆平，请老婆大人见谅！

老婆和女儿都笑了，这样的结果已在我意料之中。

对于第二个问题，我用一个简单事做比喻。

假如我们是河流，要流向大海，我们要做的是提供无限能源，至于它怎么流，完全归于自然、自由，就如同我无限思想能量，行动能量。

河流沿途有无限的可变性，反而成了最美风景。

它最终归入大海。这就是我们通常说的“道法自然”。道法自然可用在很多方面，你也可以用自己方式解释它。我说在这个方面道法自然只是这个伟大词义微小的某个方面意思表达的一点运用。

我们是创意公司，创意有着善变性，但它的终极目标不变，如果在发展过程中过于拘泥于某个轨迹，那就是人工运河。

关于第三个问题：我进一步提升自己，争取与老婆达到水平一致。

老婆又说：“你至少要找到五十位赞助人后再启动。”我抢着回答：“保证完成任务。”

女儿发言：“爸爸，你这个项目，第一：位置太偏僻了，你的消费群体，你的定位要考虑。第二、书店的装修风格你也没设计，建议国庆节去广州参观书店，看下别人的装修风格。第三、图书来源，进货渠道。我不建议你把书店开到工厂旁，那边停车位少。”

我十分欣赏上高三女儿的分析，如果真是开书店，她的建议十分中肯。因为她不知道我的“造梦者”计划，我们卖我们自己造的书。

同意国庆节去广州图书馆，旅游与参观两不误，太棒的理由。

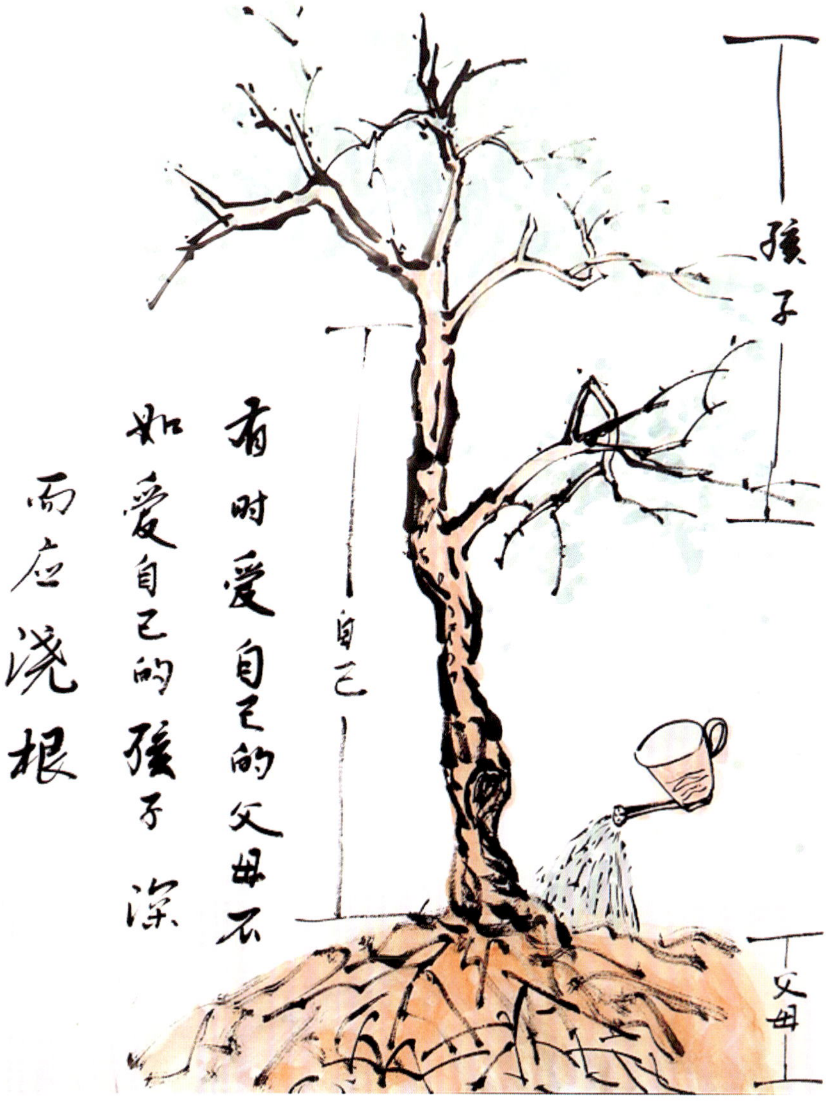
有时爱自己的父母不
如爱自己的孩子深
而应浇根
孩子
自己
父母

女儿最后还是说出了她的某些担心："爸，我还没上大学呢，我希望我的大学能安稳毕业。"

"我只把你养到十八岁，上大学费用自理。"

"老爸，上大学的学费我要借你们的，等我毕业了工作还你们。"

我笑着说："你是爸的宝贝女儿，嫁不出去老爸养。"

"我才不要了，我一定要自力更生。"

我们留给子女不是金钱多少，而是她们对生活的真正理解与感悟，对生活自信和追求。

早茶结束。初步定下国庆节广州图书馆一日游，算是国庆节旅游计划造梦。

假如
生命明天结束
你最后要做的事
去做吧……

2014年9月27日

下午，刘昊老师打电话给我说：“六幅创意画作已装裱完成，效果很好。”我的情绪突然高涨起来，要去看效果。我正和三位朋友喝茶聊天，雷总写下祝福语之后问了一句话：“你怎么想出来的这个企划方案？如果你真的找到150位投资人，你这个企划方案，本身就是奇迹。”雷总不投，另外两位朋友当场表态要投，由于我以收到现金为准，暂且不叙。三位朋友走后，我驱车去刘昊老师工作室。

真是珠联璧合，达到了预期效果。

刘老师赞叹道：“卞哥，我二十多年的书画生涯，今天才知道是为这件事准备的。”还是要记录刘昊老师对我感动的一句话。那天在办公室，一位叫不上名字的朋友问我：“你们俩是亲兄弟吗？”

他说：“是刚结拜的兄弟！”我们早已达到了神交。

我知道刘昊老师写了合股协议，由于是书写，只有一份，我拿回原件，待复印后签名快递寄回。

随后我们一起去了酒店，认识约见我的客户。闲聊之余，聊到了我的企划。我的客户当场表示成为投资人，由于是以收到现金为准，现暂且不叙。

还有一位意向投资人，在刘老师办公室认识的，互交名片，对我们文化创意有投资意向。

我们继续约定对外讲开图书馆。

为了丰富图书馆内容，追加茶，咖啡，纯心灵讲堂，思想碰撞

你为什么穷

你宁肯搬巨石也不动脑子

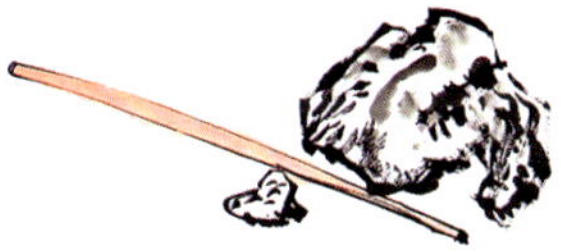

会所。

收集祝福语今天开始实施，投资人和不投资人都写在一起，与原计划两本有出入，目的不变。

至今已收到祝福语三十条，微信群已有二十二人答应参加投资，实收现金六万元。

凌晨2:40分，工作完毕，我和刘老师笑谈，我们已成为夜间工作狂。

我是一切的根源

2014年9月28日

早上，与老婆一起散步，继续谈，谈造梦。

一切小的想法都要为大的思想服务。

我造的梦，我的人生十一条，一定要靠一种东西来引爆，终于找到了，那就是书。

于是我要引爆点，一个立项，我要建一座图书馆，以休闲的方式经营。图书馆卖书，我们要造书，出自己的书。我们不但在图书馆卖书，而且还是我们的创作室。创作出的书将由出版社出版，全国新华书店发行。

这就是我的核心理念：让书延伸到国家的每个角落。

这个团队核心，目前只有刘昊老师和我。我负责日常文字记叙，刘昊老师负责把我的创意以画的方式表达出来，另附注书法。

提炼一句精警的句子，以书法形式，配一幅有意境的画，达到完美组合。我的构思理念得到刘昊老师的高度认可。在六七幅制作完成时，终于引爆了刘老师的感觉，画出了一幅自己整个创意作品，值得庆贺。

我已申请注册——东莞市思想者文化创意有限公司。

并申请了品牌：“造梦者”和“有为者”。

今后，我们将用一生的使命打造“造梦者”品牌。以这种通俗的语言、意蕴一目了然的画作，去展示进取的思想，开发大众智慧。让每个人都可以看得懂，并且去体味人生，发现未知的自己，激发潜能，展现完美的人生。

你非凡的创造能力

你的世界没有竞争……

不知道这简单的记录方式符不符合你的阅读习惯，我只是做好我们自己的表现方式。我们的真实性你都可查证。每天发生的事，每天的感悟，用我的笔展示给你，让你领略三个月的奇迹，与各种造梦实现的过程。因为我们是“造梦者”，思想加行动，行动加思想，成为“有为者”。首先我的出发点是爱心启动，让爱铺展，冰释所有的不良情结。我们是伟大的“造梦者”。

主要经营：创意文化书。

核心理念：让书延伸到每个角落。

我们要打造一种新的思想文化体系，尽量做到原创。

我们无限量传播智慧，无限出书。

但这一切不可能讲出来，我一个原本是做机械的，一个卖鞋材定型布的，突然搞个东莞市思想者文化创意有限公司，已经惊爆朋友圈了，还要出书？嘿嘿!很多朋友都知道我只是高一上半年的人，一个十多年没拿笔创作的商人。所以只说书，卖书，我认为不讲的时候，营销众筹150人的企划设想进展还会快些。

我要加快我的150人众筹计划。

我们是“造梦者”是进取性思想的盈利，我们的盈利点就是与大自然沟通的智慧，我们快速的行动，我们是“造梦者”，我们是传播者，我们是思想者，我们是行动者，我们会成为有为者。这就是智慧价值所在。

在这些插图作品中，你会看到许多与大自然交朋友的图片。其实，这都是一种心法，就像古代的武功秘籍，你也可以修炼，你就可以拥有无限的能量与智慧。到时，你就习惯动起来，思考起来，你要做什么？

孩子，你要健康快樂成長
哪一天我们会走的

你肯定能做到，你本身就有无限的能量，你没开发而已。

因为我与太阳、月亮、高山、大海、风……已是多年的朋友，我们早已就拥有了山的力量，海的力量，太阳的力量，风的力量，及万物的力量。

畅读各种著作，逐渐产生自己的认知。

因此，我们已看到未来之路，清晰可见。我们所产生的果，一切在我们的意料之中。这些朋友的祝福与投资，都是大自然基本的智慧物质，我们拥有无限的生命之源。

我们更拥有爱心，善良进取之心。全身都洋溢着生命前进之能量。你会感染到我们身上来自大自然沸腾的气息。你今天知道了这个，你就去与山交朋友，与海交朋友，与太阳交朋友，与日，云，风，水……大自然的一切交朋友，两三年的时间，你将拥有大自然的能量。你要做的，与他们交心，和谐共享美好。

以感恩的心去爱，爱将是大自然中最大的能量。

东莞市思想者文化创意有限公司众筹投资人启划，主要经营文化创意书。

大家几乎预料不到我们自己出书，卖自己的书。在这个位置偏僻的地方，一半将是我们的工作室，一半的地方卖书，创意文化，喝茶交友。我为“造梦者”写了一副对联：

方寸天地宇宙乾坤

纵横千古思想行动

这样写的结果是，我们先造了一个大梦，然后又造了无数小梦，无数小梦为大梦服务。聚集能量，然后前进思想，积极快速行动，最后成为有为者。

读好書

才能让我们背靠着太阳照耀的

希望、

习主席提出了“中国梦”。

我们每个人都是造梦者。

无数的造梦者汇聚能量，为整个中国梦思想加行动，行动加思想，成为有为者。而无数的有为者，才能实现我们伟大的“中国梦”。

为了实现东莞市思想者文化创意有限公司造的梦：

主要经营：创意，文化，书。

核心理念：让书延伸到国家的每个角落。

我又造了一个梦：众筹投资人企划。

这是一个奇特的投资模式：投资人150位总投资150万元，只占百分之十五股权，而未投钱占了百分之八十五股权。这里讲的只是钱，其实我们更应该看到智慧、创意、书、字画艺术，这些无形财富。这里两点解释：

一、钱不是最重要的。

二、这就是创意、文化、智慧、思想的价值。

我们是否创造了投资与股权比例方面反差巨大之一例。

也可以说是比较贵的未上市原始股之一。

这样筹集150万的方式，我都待研究！

为什么钱不重要，我这里有个分享：

我现在的公司有最大的两个布料供应商，当给他们看我的众筹投资人企划时，只写下了对我们思想者文化创意有限公司的祝福，并不因为他们暂时不投资，我就不感谢；在这里写出来，真的是因为我对他们的真诚祝福在内心里表示深深的谢意！

这么多年来，他们对我们公司默默支持，从来不向公司催货款，我感激不尽。不投资是因为他们是地地道道的商人，他们的投

你为什么穷

你眼睛看到的都是贫的残缺体……

资就要盈利。在这么偏僻的地方卖书，他们看不到盈利点，他们放弃了，他们的目的就是经商。

那么已投资的这些人呢？他们为什么投资？

虽然在他们决定投资时，就让他们写下美好的祝愿，并问为什么投资东莞市思想者文化创意有限公司，并用简短文字说明，我发觉不完整。我在寻找答案，这个答案只有在150人聚集时，才能碰撞出绚丽的火花，现在我不能及早下结论。

我在结有缘投资人。

美好的路向我开放着，你是不是也想知道答案。我还想给大家说的一点，在我给大家展现我的人生十一条时，又造了一个梦，好像与刘昊老师分享过，在我们第一次谈事的上岛咖啡店。还有很好的两大创意，暂且不说，先完成这个梦。无数大自然订单，无数出书卖书，打造我们“造梦者”，形成自己的“思想者”“行动者”“有为者”文化精神内涵体系，一种适合大众文化开悟思想的书，一本智慧之书。

就是不喜欢看书的人，当你拿到这本书，从中一幅画、一句话、一个意境，总会突然令你醒悟，能为你明白人生的另层感悟做点引导，我们的努力、我们的目的也就达到了。

更改某些创意：

我试着增加提问方式，写下祝愿时，我问不愿意投资的人：你为什么不加入东莞市思想者文化创意有限公司？

第一位回答者是我的朋友小周。“看不懂。”这是他的回答。

第二位是我的财务小李：“老板，我的钱不多。”

第三位是我的老乡兄弟小郑，给我买定型布料的——“怀哥，最近钱有点紧张。”

得道的高僧
还要四处云游
拜访
你呢

我说，我有可能原版拍照出书，小郑的脸一下子红了，我突然感到了不妥，这样的信息不是我想要的。我真诚地请教小郑，你觉得怎样问才更妥当呢？他在思索。我忽然想起来一个创意，写下这么多年你心中的信仰，小郑说："这样可以。"

我们每个人都想把最好的一面示人。

我们每个人都想把最好的思想传达给他人。

我们每个人都可以内外合一，完整，完美……我那美妙的四十个词语在我内心流淌。你可以追加你喜欢的词语，丰富你生命的内涵。让美好成为一种自觉习惯，自动屏蔽垃圾信息侵入。

你是强者，你可以成为你要成为的任何人。

你主宰自己的思想王国，主宰自己的思想行动，你的内外合一。

小郑当时写下了他最信仰的一句话：

为善之人，如春之草，不见其长，日有所增。

为恶之人，如磨刀之石，不见其消，日有所减。

很好，我的感觉妙极了！我的办公室是连通的，当即喊小李不要写为什么不投资了，而是写下他的信仰。

经过涂改液修改，我的财务写下了他的人生信仰：

人生没有彩排，每天都是现场直播。

办公室小李每天都目睹我寻找投资人的过程，我觉得小李如同一台摄像机，记录着办公室里我们的一切。那天我碰到朋友小周，也要让他重新填写一句他一生信仰的一句话。我把他写的："看不懂"涂掉。

你有你信仰的一句话吗？

如果没有，赶紧找一句吧！或自己造一句，一句积极向善的，

你為什么穷

你的口讲不出富词……

"我没錢买"

"借些錢给我"

"听课100元太貴"

"錢放在銀行保险"

"赔了怎么办"

"再等等吧"

"……"

"……"

一句励志的，利人利己，爱国爱民的。也或者是一篇短文，几十个优美的词。每天默念，在你走路时，在你睡觉前，或在梦中，在长途车上，飞机上。让这成为自然习惯。

你的血液，你的思想将经过改观，你的身体和生命最快一个礼拜都会有神奇力量出现。这样会消除一天中两三万个不良想法或无用想法，随着你修炼的持续，你的无用想法越来越少，但你的魅力越来越强大。

你会发现你拥有能量越强，复杂问题越来越简单。继续修炼，你将天人合一。

现在：我对投资人的问话：

一、这么多年支持你成长的一句话，或信仰是什么？

二、为什么加入东莞市思想者文化创意有限公司？

第七位投资人：东莞市河南商会荣誉会长周盛环先生，我叫周叔，我爱他如爱我。周叔刚从老家开封回来。当天晚上我和财务何顾问以及他的太太一起到周叔的二十九号别墅。我高喊：“多天不见，想你了周叔。”

“老卞，你要开书馆我把你的店给砸了。”周叔也冲着我喊：“你看我的项目多好，一个盛佰瑞电子商务，一个河南中原人力资源集团公司，赚钱的行业，你不参加却去开书店。”

“周叔，你的项目我不感兴趣，不参加。希望你参加我的项目。”

“我现在就给1万，给你2万。”

“周叔我只要1万，一人1万，我的亲哥哥交2万我都没有收。”周叔上楼拿钱，我和何财务泡茶聊天。

不一会儿，周叔下来把钱递到我手里，我双手抱拳：“感谢，感谢！”“你数一数够不够，我也没点。”

天道酬勤
勤是努力思考
有效行動
而不是辛苦勞作

“周叔，只要不多，不够也就1万元。”

“老卞，这1万3年后我也不要了，送给你。”

我说：“周叔，3年后我给你分红，如果你不参加，我定保本退还。如果不退，这一股说不定还能养老呢？”

“老卞，我和你赌一把，赌谁项目赚钱多，赚的少的人请客。”停顿了一下，接着说：“三十桌，厚街嘉华五星级大酒店。”

“周叔，大了，三桌五千元的标准，嘉华酒店。”

赚钱少的掏钱买单，赚钱多的负责找三十位吃饭的人。定了，要何财务做证明签字，何财务不签。他说：“我不签字，但我保证计划执行，我证明。”

周叔给我写下了祝福我们俩共同完成了打赌计划。周会长写下上半句时，说让我接着写。我十分认真地问周叔这些年的信仰：

“真诚，责任。”

“为什么加入东莞市思想者文化创意有限公司？”

周叔说：“为了赌。”

我们四人笑喷了。

东莞市思想者文化创意有限公司PK周叔：东莞中原人力资源集团公司，东莞市盛佰瑞电子商务科技有限公司，一年的纯利润。

周叔又加了一句话：“我胜出老卞四倍才算赢。”签名。更搞笑的是四倍的倍字写错，赢字不会写，让我写，我顺利的写了个“羸”字。

今天晚上给老婆平分享昨晚部分趣事，平笑得直弯腰。当看到我写的“羸”字时直眨眼睛，我才发现羸字写错了，及时纠正。“四倍”的“倍”字写成了“辈”，也是老婆给我说写错了，这个可是周叔写错的。

拜良師
交益友

你读多少书有时并不重要，重要的是你得有思想、你的智慧、你的开悟能力，然后再修炼行动，“思想者，”“行动者”。

还有一个重中之重：“学习者”。

以前我的第一个网名是“教授”，随着境界提升，网名改为“学者”。我解释：学习的人，随着进取思想提升。网名后来改为“思想者”，我解释：用思想的人。个性签名改为“思想者”，“行动者”。

我公司唯一的宣传标语就是“思想者”“行动者”。

我现在很少上QQ了，但我的网名会改为：“造梦者”。

个性签名：“造梦者，思想者，行动者，有为者。”

四年来四个网名，你会悟到什么？

我知道我的亲身体验，“思想者与行动者”本身就是一个整体。这就是我让刘昊老师制作一块木板，前刻“思想者”，后刻“行动者”的原因。

这里有个小故事，小玄机，我看还是要说出来。

那天，刘昊老师打电话来：“卞会长，你说的那板用实木做出来最低价伍仟元，你看要做吗？”我崇尚文学艺术，对文学艺术工作者极其尊重，我不假思索地答应了。

“刘老师你帮忙做吧，谢谢啦！”我没有计较，没有讨价还价，当我不计较时，不讨价还价时，下午一件事情发生了。我接今年做机器最大的一个订单，广州张总说：“能开发票吗？”我说：“是含税价。”张总即签名。他没有跟我讨价还价，没有计较，第二天收到定金。

牵手一生
才是對婚姻的最高向往

2014年9月29日

随着时代发展，这已不再是迷信。大自然的空中就飘浮着美妙的物质，我给它起了个美丽名字："喜乐子"。它们遥相呼应，时刻为某件事准备着。你的身必正，思无邪，你将召来正的感知，你的全身笼罩正的能量，你必须有正的思想。说到这里，你可以领略佛家"八正道"。

我们有一幅作品讲得很清楚：佛教、基督教、犹太教等等。不盲目崇拜，你可以研究，但不拘泥，升华并形成自己的思想。

你不和别人计较，你身上会失去一个不好习惯，会散发包容的"喜乐子"，这种"喜乐子"修炼不到火候，你感受不到。但是身上拥有同样"喜乐子"的人，你们之间会相互吸引：相见恨晚，一见如故，志同道合，这些话语你会突然对它的认识产生升级。

你会发现，每个词大有可为，可以写一本书都无法解释清楚，这就是智慧结晶。

如果你不开动脑筋，只是简单的四个字。

如果静心领会，将有不同凡响玄妙。

你可以套用我以上感知，例如：包容的喜乐子，厚道的喜乐子，美丽的喜乐子，健康的喜乐子，财富的喜乐子，力量的喜乐子。当你想要什么，你就默念什么，重复更能产生凝聚的力量，这种"喜乐子"会从空中飘移过来，在你身边形成能量圈，如果持续吸收，你的能量与智慧将持续增加。

你在看不见的空中，解释"物以类聚""人以群分"两个词。

头发第二功能
成长加速度
让每根头发
连接一个名
人的智慧

用思想升级你的认知。

送你一个很好品牌："喜乐子"。你知道吗？做饮料或食品的朋友，如果有心使用赶紧找我。

我和周会长，何财务、何太太继续喝茶聊天，等待周叔的人力资源团队到家中开会，我和何财务应邀成为旁听者，又一次难得的学习机会。

我想起去年我和老婆准时到厚街凤山公园散步，每次约定一个小时的路程，我边走边念着我的人生十一条……

作为商人，追求财富是一个商人能力具体的体现。

我渴望突破，寻找机会。有一幅插图可以描述我那种真心渴望：我的每根头发都是探寻未知的天线。

感谢两年来凤山散步！

凤山，我修行的道场。

河南商会成立了，我便毫不犹豫地加入进来。

那天翁传学秘书长对我说："卞会长，你是热爱学习的人。"我认同。

我是"学习者""思想者""行动者"。

在此之前，我给我以前的老朋友们说："我要加入商会了。"

我推掉很多不必要应酬，打牌、KTV各种不良习惯逐步减少。我与商会打成一团，我在超速发展，"思想者"，"行动者"。行动者思想者相互叠加，引爆我的思想。

我在这一年认识的河南商界精英超过了以前所认识的总和。

你可以天不怕地不怕

你必须敬畏因果……

我回过头来还是感谢我的老婆帮我打破“修炼到家”的玄关。

那是还没进商会的时候，我觉得自己修炼突飞猛进，心中会出现一种莫名其妙的喜悦与冲动。我兴高采烈地对老婆平说：“老婆，我修炼到家了。”我老婆当时正拿着钥匙开门。她抬头看了我一眼说：“你明明在门外，怎么说修炼到家呢？”

我突然明白“修炼到家”的真正含义！

我突然感觉到我身边有一位高人。我的老婆平她简简单单一句话，带我走进玄妙之门，智慧人生。

我又想起以前日子，老婆嫁给我时的一幕场景：2006年3月25日，我们俩旅游结婚，骑着单车由表弟陪同。老婆骑从娘家带来的旧单车，我骑着妹妹的单车（妹妹用织地毯钱买的）。我们是南阳市方城县博望镇人，到附近的广阳镇赶会，也是旅游结婚地点。没有鲜花，没有结婚礼服，没有新的家具，没有一个新暖水瓶，没有仪式，没有客人。我们结婚啦！

想起我们旅游出发时，我和老婆点燃了我们结婚爆竹。

在大家没有醒来的黎明，我们出发了。

还是要回到现在，感谢老婆，是她把我从床上拉起来，叫醒每天睡到自然醒还睡不醒的我。

我从凤山走出来，我爱厚街凤山！

我爱东莞河南商会的朋友们，感谢！感恩！

突然想起了多年尘封的日记，那里面有我曾经写给老婆平的诗，真的还在，看到当年那些诗好生感动。与大家分享。

書放多久了
别让书成了摆设
一幅画一句话
就可醒悟人生

我的新娘

我的新娘
善感而又温柔
置身于红烛光中
看不明白世界
却读懂了一个真理
与烛心

我的新娘
是一个有心的人
嫁妆里装满红烛
她预备好了
以后的日子

红烛光中
我的新娘流着泪

写于1995年献给我的女友慧（会）平

你进入思想的躯体

如通电的磁石

与你谈心

——有感送会平回家

我们手牵手走进诗园
途径没有墙壁和坎坷
那里溢满花香
我们平静地呼吸
连同父母与苍天
大地上传来歌声
飘向兄弟姐妹的童年

与你谈心
山在微笑 河在微笑 风在微笑
慈阳大自然红光满面
你的心我的心融为一体
容纳福音

我想起了为什么写错“慧”字，当时我们认识时是2006年元月15日，我们结婚的日子是2006年3月25日，从认识到结婚不到三个月的时间。就是写这首诗的时候，我们还没有结婚。一个曾经写诗的男孩，没有发表的诗，借助造梦者舞台展示，我找到内心深处多少年的梦。

一个当年热爱文学的我与现在的我重合。

孝敬给你生命的两个人……

孝敬配偶父母

我的第八位投资人是韩长清先生。

韩哥打电话过来，让中午过去吃卤肉。十一点半驱车前往，我随身带着众筹投资人企划书及祝福本。我要韩哥写下他对我的祝福。

进门，韩哥就冲我说："兄弟，你的项目我投，支持你！"谢谢韩哥！我的心中猛激动：我的好哥哥！我知道韩哥对我的图书馆不看好，但他对于我个人及150人平台感兴趣。在之前我问韩哥："我能筹到150人吗？以1万元1/1000股份。"当时韩哥回答了我："你记住老卞，给你投钱的人，不看中钱，不在乎赚多少钱，找150人没问题。"我深深知道了来自朋友的力量。但我还是深层次理解认为韩哥的回答不是我要的终极答案，但是韩哥的话，自有他的道理。

韩哥在一家台资厂由一个小兵升为车间总管，掌管着工厂的生产安排。韩哥跟我这些年的交往中，多次说过他的做人准则。他从未拿过供应商回扣和吃高级宴请，有的只是吃个便饭。在质量与单价同等基础上，给性格相投朋友提供了一些平台。

在台资厂工作十六年后，韩哥出来开创了自己的事业：EVA 皮革冲孔。

韩哥的客户蜂拥而至。而那些大吃大喝索要回扣的，很多没有了起色。

当时在韩哥办公室还有两个好朋友，分别是驰丰鞋材张存伟总经理和宇轩公司张书军总经理。也当即表态投资，并一同写下了祝福和他们所信仰的一句话，以及为什么加入东莞市思想者文化创意有限公司。我把两位张总加入微信群。我们喝着啤酒，吃着卤肉，谈着我的图书馆，并带朋友去喝茶，礼拜天听听课，思想碰撞后产

你要和大山
交朋友
萬年厚道
与真诚

生能量心得。

在吃完河南捞面后，我们中午聚餐宣布结束。用办公室韩哥女儿祝福做结尾曲。她的信仰名言：有志之人立长志，无志之人常立志。

我的书稿是用手写的，暂无整理书稿的文案者。又是一个想法进入我的头脑，找一个“书写者”。对，以书法的形式展现我们的文稿。在你读“造梦者”时，欣赏到的不是印刷字，而是钢笔书法，太完美的创意。

我突然想起一个人，我的业务经理老表叫李正固，他是跑四轮出租的。那一天我到办公室，看到一手漂亮的毛笔字，我有时偶尔练练书法，谁写的？最后终于找到了，是跑四轮出租的老表。拿笔的手跑四轮。我好像与他有过两次交谈，印象不错。

纯手工打造《造梦者》手写原稿，我们“造梦者”舞台在打造一位“书写者”一位开四轮出租的，后来成为钢笔书法名家，一切皆有可能。

那一句一直支撑你的名言、信仰，这么多年来，你升级过你的名言、你的信仰吗？你改变过你的梦境吗？

当你拥有以前梦想时，你停下了吗？

你有没有再去造梦，或者思想和行动走着水平线。

你要提升你的思想，向你笔尖右上角方向升高。

造梦吧，把梦造得大一些，再大一些，成为“造梦者”，然后是“思想者”，“行动者”，成为“有为者”。

禅
闭上智慧双眼静心思考
比盲目的马上行动走向更远……

2014年9月30日

我的第九位投资人：毛浩然先生。

由于比我的年纪小，我们都叫他小毛，他是我心目中的好兄弟。做白胶、树脂胶及各种鞋材贴合用胶生意。一个人用心经营，生意做得风生水起，年纪比我和韩哥小十多岁，但经常和我们在一起玩，年纪小境界高。本来他将是我第八位投资人。那天毛弟到厚街来玩在公司泡茶聊天，拿出卡在办公室用电话银行转账，由于磁性原因未转成，到第二天下午收到毛弟转账，由于已收到韩哥的钱，所以他排第九位。

我知道我不是在搞传销，我是真心做一件事，可又不能讲出我的真正企划与目的。大家都理解认为我经销图书，到批发市场低价进来高价卖出，在用一些休闲时间如喝茶咖啡、讲座等方式来增加营业收入。而这些只是我文化创意公司经营附带部分。我们真正目的核心是自己出书，无限量出书，由出版社出版，全国新华书店发行。

我们的核心理念：让书延伸到国家的每个角落。

让不喜欢看书的人喜欢看书。让字画走进百姓家，走进你的心中。

最初的设想是完全用图片的方式展现。后来，就是这一百幅作品出来后，我感觉最初这种想法有些不妥。我需要把造这本书的过程用记叙的方法给大家展现，并逐个介绍我的150位投资者，通过他

任何超级电脑构造
都比不上任何个人大脑复杂
思想盾牌自动屏蔽功能
思想的矛自主取向……

们所信仰的一句话、他们的心声，来告诉人们，为什么要投资东莞市思想文化创意有限公司？

这些都是真实心灵记录，纯思想感情碰撞。

在我接到前九位投资人现金的过程中，没有一位写以盈利为目的，他们为了什么？

我越来越有兴致！

我真的做起来的时候，却又是另一种感受。我像一个精神乞丐，在都市钢筋与水泥结构中乞讨，我乞讨思想种子的“喜乐子”，我不会把它独自享用，而是种在地下，等着明年春天，长出幸福的“喜乐子”与大家分享。但还不是这些，我心理路程突然觉得像是西天取经的唐三藏师徒……

目前已收到四十多位朋友祝福和有投资意向的信息。实收到现金九万元整。

突然的想法立即予以实施，14天的实际路程和心理路程，你都不敢想象我的超能力。以这样纯手写文稿方式，记录下日记58页，给刘昊老师即时发挥创意绘图稿四十多幅，还有汴记公司的日常事务，拜访化缘投资人，这十几天我以潜意识状态来实现我的方案。

我的感觉仍很轻松，并没有达到极限。我想要的感觉，静下心来想写什么就写点什么，不为烦事所扰，自由自然状态，我是不是又在造梦。

当老婆听到我内心像乞丐感受时，说什么都要我中止众筹投资人企划。我给老婆解释道：“我是化一种缘，一种叫幸福“喜乐子”的缘，我的这种缘是一种爱，一种诚意，一种文化，一种信仰，不断进取的动力。”这是一个“造梦者”“思想者”“行动者”“有为者”发出的声音，他来一定有目的的，他就会在这个时刻出现。

感恩每一天

一天86400秒

醒悟

一瞬间

没达到出书那天聚集150人的时候，我都感觉不出那是什么！

老婆说："那你以后不要说乞丐，叫化缘！"

我说："这样可以。"

老婆说："你能不能不进行这个项目，到五十岁时再干，到时候用钱我给你拿。"

"老婆，不是钱的问题，而是山泉已流出，它有无限储存能量，它不停流用之不竭已流出无法阻挡。你记得我们去年暑假去四川九寨沟旅游，后去黄龙途中，看到岷江发源地一个小漂流，一个小竹筏横在上面写着岷江第一桥。如果有能量，不断注入，持续的注入，终究会归大海。"

老婆平说："那就3年后，我拿50万，你拿出名单，我逐个退回赔钱。4年后再拿50万，5年后再拿50万。"我老婆不看我写什么，也不看刘老师字画。

老婆平这样说我很感动，她给我的，一定是最恩爱的支持。如果哪天我的书出版了，假如卖不出去，只能自己拉回来，150万变成一堆书，书不看就会成为废纸。她这样做的目的，我不会失信我的投资人。

你相信吗？

我老婆是听我完整企划的第一人。

我的老婆对我写书计划根本不看好，我能讲给你听吗？

如果只做图书馆，那个地方我也不看好。

我是"造梦者""思想者""行动者""有为者"，我要出书，卖自己的书。对老婆来讲，她对我太了解了，我只是爱好读书的人。结婚到现在，从未写作过，突然间要说写书，简直是天方夜谭。一个高中上半年的人，一个做贴合机械的，一个做鞋材定型布的要自己出书？

你思想王國 高级思考
将由低级思想飞至高貴思想
将从無明思想升為博學思想

老婆这几天还是总给我谈心。“五十岁以后干这件事，我完全支持。”我还是计划三个月出书。

我已有初步计划方案：

一、第一本书的页数定为：文字100页、100幅插图100页。在第一本书出版时，我们已拥有了第二本书100幅图。

二、为了减少开支，目前最多三人，我、刘昊老师和一名文案整理，办公地点可租两房一厅。

房东的房子可以稍微延后租，不用装修费，看第一本书的市场反应，如果成功，一切不是问题。如果不成功也证明我们实事求是地做了一件事。

即便开着车拉着书到工业区一本一本地卖，我都做好了准备。

我是“造梦者”“思想者”“行动者”“有为者”。

我有强大的自信，来自一句：我纵横捭阖，合纵连横，无中生有，化不可能为可能……

我拥有这两年不间断修炼，用那些心法修炼我的心性。我床头雪白墙壁上写着我的一句话：“前进的思想能成就你任何事情。”

我还写着书上看到的一句话：“你可以成为你想要成为的任何人。”

我的人生十一条，我四十组优美词语，我熟背心经的声音。我又有了十个词：造梦、思想、行动、团队、造书、法律、财税、投资、使命、有为。在写作期间我脑海里一直默念着它们，它们具有无穷的力量。

由于早上没有散步，晚上和老婆去凤山散步，儿子骑单车同行。我和老婆讲着话，心里默念词语，每踏一步念一个词。

夜晚的凤山又是一个风景。我又知道了一件事，在两个小区之

你真心用爱付出時
不順的世界变了样

间有个龙山，很多人不知道，老婆告诉我的。凤山原来叫龙凤山，后来大家叫凤山。

我知道龙去哪里了——莲花池。

我突然想起了以前上学时语文课里学到的一句话：“山不在高，有仙则名，水不在深，有龙则灵。”我想凤山也是其中一个。

老婆还是想让我五十岁以后干这事，而我知道做事需要能量与激情，只有达到激情状态，才能创造。

老婆规定我十二点睡觉，我答应了。

等老婆睡着了，我又偷偷溜了出来。

深夜给我静，给我灵感！我想要的写作感觉。这几天我的文字都是在这个状态中写出来的，我越写越觉得顺畅，思绪与手下的笔达到某种契机，写脑海里想要表达的东西，抬头看时间，凌晨两点。

老婆给我讲纸上谈兵的故事。

我给她讲心想事成的故事。

女儿亚亚都感觉到了我和她妈在斗法。

每个人的观点后面，都有一大堆理论做依据，支持他的观点。每个人都是对的，你只有去实践去做，去用心体验过程，你心里获得的感受才是最真实的，别人无法取代。他们不是你，他们不知道你要去做什么，而你要清晰知道你自己要做什么。

你要做的一切只要不违反国家法律，不违反道德伦理，不损害他人利益，向上进取，你就勇敢地去做吧！你会得到无限“喜乐子”凝聚支持，你将拥有无限能量，并越走越顺。

如果你按照我这方案去众筹投资人，你要两年熟读这50个词，每天不间断，每天十遍以上或更多，你便可以行云流水，行走于美好心灵之间，你的眼中不是钱，你的理想更远大。

你可以研究
他们做强大
中国人

我的手机响了。

“怀，你在哪儿？”我一听是儿子模仿他妈妈的声音。

“立地，我是老爸你敢这样叫我。”

儿子不管我的话继续模仿他妈：“不准喝酒，晚上八点钟前回来，不然回来就——啪、啪、啪。”他在学打屁股的声音。

第二天一早，我跟老婆分享儿子的通话。

老婆说：“儿子，是你老爸呢，怎么那样说话？”

“妈、爸肯定又去喝酒，管父不严，何为称子。”儿子认真的说。

老婆笑了起来：“这句话我喜欢听。小朋友，你的老爸如果经常出去喝酒，也可以管管哦！”

我想起今年中秋节前夜的事，那晚喝得大醉。睡在床上难受地叫着，一家人为我忙碌，隐约听到老婆生气的声音，在我屁股上拍巴掌的声音，给我用手机录像的声音，儿子用我手机拍照发微信的声音。我醉了，无能为力。

第二天我被手机铃声叫醒了，九点多钟，杜超会长打来的，杜超兄弟也是我的意向投资人，与周叔一起做盛佰瑞电商。“卞哥，昨晚喝醉了？昨晚没和杜超一起喝酒，他怎么知道呢？兄弟听谁说的。全世界都知道，你上微信了！”

天啊！我急忙打开微信急删，但还是看到自己喝醉丑态，评论内容长长的看也没看。小家伙给面子让我穿着短裤，大肚子盖个枕头。假如小家伙再小两岁，来个曝光就不敢想象了。从那次到现在，一次也不醉了。

我没责备儿子，问题从自己身上找，喝酒误事，我失约了一位朋友。

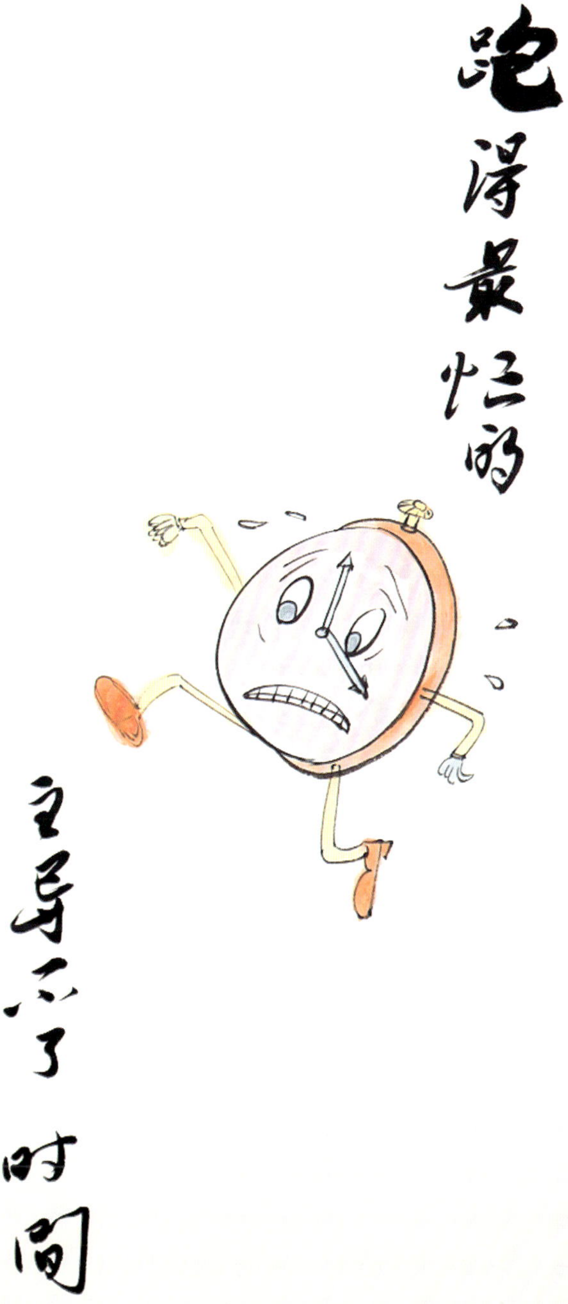
跑得最快的

趣事小记：

第二天说什么也不看老婆拍我喝酒录像丑态，如同老婆说什么也不看我写的文稿及我们制作的创意画。我给她的生活带来不安的波动。

原地轉一圈

理论上讲你已绕了地球一圈

2014年10月1日

今天是国庆节，祝福祖国六十五岁生日！

我的第十位投资人：张耀先先生。

他是我的丈哥，排行老二，我们都叫二哥。他现在三量五金机械公司做一名司机。万江三量五金机械厂是我和邹必旺先生合伙投资的，我占一些股份。

二哥为人豪爽爱喝酒，从来不知道存钱，以至于五十多岁了还没有自己的窝，他的钱差不多都花在酒上了，典型的今朝有酒今朝醉。我很喜欢二哥，每次到我家，我们兄弟两个都要喝一瓶，划拳、猜宝二哥从不是我的对手，一瓶酒被他喝掉十分之八九，二哥也就这么大酒量。我们俩每次一瓶不再多喝。在投资书店的事情上，二哥完全站在我这个妹夫身边全力支持我。张燕青都是二哥引进投资的，并回去告诉我们的三量主管刘喜春先生。

刘喜春当时打电话给我："卞哥，听说你投个项目？"

我说："是。"

"怎么也不通知一下，你的图书馆项目我投。"

我说："谢谢兄弟支持！"

多么好的兄弟，就是这样不问我为什么，也不分析地理位置，也不问盈利点，就因为我上了一个项目，我闭目无语。

今天是国庆节，举国欢庆之日，我的二哥和兄弟刘喜春把两万元送到我新城88小区住家。我的第十、十一位投资人。今天刚好国庆十月一日，我在微信里发布了感谢信息，完美的巧合，并写下了

每根头发都
是探寻未知
的天线

祝福语：与国庆同庆！

我感谢，感恩那些为我写下祝福的朋友们！

我感谢，感恩为东莞市思想者文化创意有限公司投资的朋友们！

感谢，感恩伟大的祖国！今天是她的生日，正在走向更深，更远的梦想——中国梦。我们都应为实现伟大中国梦贡献毕生力量。

我想起我们的一幅作品：

研究美国人、英国人、德国人、日本人……做强大的中国人。

我们的祖国必须强大！

每位中国人都应有强大的思想，进取的思想，创造的思想，开悟的思想。

我们每个人都应该真正地拥有强大的思想，进取的思想，创造与开悟的思想。

中国人的思想是不可战胜的。

我们必须真正的，实实在在的拥有强大思想。

我们已经拥有了！

中国人为伟大的中国梦，向世界、向宇宙喊出最强音。

应女儿亚亚前些天的建议，我们驱车去广州参观太古汇方所图书馆。女儿从网上了解到方所图书馆一些信息。抱着参观旅游与学习的态度，我们的行程很顺利，先导航到天河广场，把车停到停车场。大都市的停车场很现代化，展现我们厚街小镇还没有的硬件设施。我们参观了天河大厦，我顺便倡议给老婆买身衣服，大家都说：“好！”我这样做的目的，你懂的。我的儿子也乘机买了一件，聪明的小家伙。为了体现我们这次行程特别深的印象，我们在七楼找一家不用排队吃饭的泰国餐厅。第一次吃泰国菜，感觉不错。

不要只用蹄子
以下的力量

真正的目的地：太古汇方所图书馆。

1800平方米的图书馆挤满了人。看到人群，我就仿佛看到我的书，我和刘昊在书店签名售书大家排队等候的场景。我在造梦，我已习惯成为“造梦者”，仿佛看到我无数“喜乐子”在方所书店传达我所有信息。我用手机不停地拍照，拍书名，拍场景。看书店的布局与格调，呈现的思想与目的。

我成为方所图书馆的会员，我买了一千多元的书。我要跟方所建立感情，他的服务员感受到了，我想他的老板也感受到了！因为我身上的“喜乐子”正散发出我的想法及需求。

我们本打算坐船夜游珠江，由于地理位置不熟及老婆感觉疲惫的原因，我们用了半个小时时间顺便参观了“陈氏书院”。

目的离不开书，讲得最多的是书。

我知道我的书店与方所不同，方所图书馆是经营全世界著名书刊，而我也经营但只附带。我真正的目的是造书。以后我的书将会出现在方所图书馆架上，并成为畅销书。

但我现在不能讲我造书。生活了几十年的老婆对我的所作所为都表示怀疑，我能说给谁听？

我一个正做机械的，一个卖鞋材定型布的，要开始写书啦！不能讲，只能说开图书馆，只能讲给刘昊老师听！

刘昊老师发来微信：“大哥，今晚有来吗？有几幅需要兄长指点迷津，但我还是画的越来越有感觉了。”

“明天早上过去，多谢刘老师。”

“好的，大哥，明天见。”

回程的路上，女儿亚亚继续灌输她的理念：书店位置偏，人流量不够，书的进货渠道……我开着车，认真听着女儿的分析，享受她已习惯动脑的快乐。

你要与星星交朋友
她是宇宙智慧的
蓝宝石，一颗星一个
造梦者的创意

2014年10月2日

今天是国庆节的第二天，办妥工商执照的第十六天。已找到意向投资人32人，收到现金11万。我感谢给我祝福的兄弟姐妹，更感谢成为我投资人的朋友们。感谢未来给我写祝福的人，给我投资的人。感谢，感恩买我图书的及宣传我图书的人，让更多的人读我们的书。

今天上午，我去拜见刘老师，我们共同探讨我们的《造梦者》，刘老师和我一样赞成用我们毕生精力，打造“造梦者”品牌。

刘老师说：“卞哥，这几天有感觉了，想画山画山，想画水画水，有了神韵，有了境界。”我笑了，刘老师画画的窗户纸已经捅破，他已与大自然连接，他学着与太阳、月亮、星星、山、水及大自然万物交朋友。他有了创作的源泉、有了创造的激情，他尝试让每根头发与大自然的未知领域联通探寻，与古老智慧接轨。他已经学会了与大自然会话，同自己交朋友了。他身边拥有了“喜乐子”能量，我相信相同书画，“喜乐子”会向他这边靠拢，并且越聚越多。如果有相同灵感的人，购进刘老师画作，我相信不久的将来，他的画作将提升十倍，二十倍甚至更高倍数的收藏价值。

这一点也不神奇。

刘老师：“卞哥，谢谢你有缘相结。”

我感受到刘老师那种开悟后的真诚谢意。

我享受着美妙的缘。

至高级别思考力，纯洁思想是行动的先驱与指南。成本最低，受益最大。

而我给他分享着我的商业创意，我用1800元注册“喜乐子”品牌，由于我看出“喜乐子”的样子，并画出商标设计原样。我与他分享奔驰与三一重工的商业官司，最后三一胜诉的案例。我设计注册食品与饮料领域，如有意请与东莞市思想者文化创意有限公司联系。

刘老师经常在书画艺术圈走动，对于商业运作知道较少。认真听我分析，很赞同我的设计与想法，并解释“喜乐子”是我们中国人比较喜欢的吉祥名字。商标更有意思，符合道家“一生二，二生三，三生万物”的思想。

归哥打电话约刘老师吃饭，听说我在，一定要让我们同往，并让我与归哥通了电话，我们驱车去归哥在温塘的公司。

边走边愉快地和刘老师交谈。刘老师说：“卞哥，让归哥也加入。”我说：“前两天归哥到我办公室给我聊酒的事，我给他看了企划书，归哥好像对书不感兴趣。”“让我来。”刘昊老师说。我看看刘老师：“怎么也想学推销了。”“不，哥有意思，我们不是骗他。”从刘老师话中，我更看到了希望，他完全看好了我的企划，全身心地投入我的项目。但我们两个都不能讲我们最终目的。刘老师拿出手机：“哥，看我的几个微信群，不下一千人，全是搞艺术的，我来推销几十位。”我说：“刘老师，等我们第一期50人找够了，我们同时在微信群里宣布，我要等那个节点。”

东莞的路真是好走，环城路一路畅通不堵车，二十多分钟就到了归哥的公司。

归哥热情招待我们，给我写“看不懂”的小周兄弟也在。“卞哥，我改天重新给你写祝福，那个‘看不懂’不算。”我欣赏的好兄弟，我说：“我用涂改液涂了，就要找你重写。”我们又愉快地你……想要什么……

聊起了我的书。有我在，整个话题都被我的书笼罩着。我知道我造的梦，书只是一个小梦，它为我造的大梦服务。

小周跟着周会长做东莞中原人力资源集团公司项目，也是我与周会长赌的项目中的一个，小周做财务，管着钱。

“卞老弟想法奇特，得跟卞老弟学习。”归哥说。

“过奖！”我双手抱拳。刘昊老师说：“归哥，卞哥开图书馆经销书，你也算一个吧。我也参股了。”刘昊老师以实际行动给归哥提个好建议。“我参加。”归哥发话了。刘昊老师马到成功！

旁边还坐着两位朋友，一位自我介绍说：“姓孟”，我说：“我是‘造梦者’在造梦。由于没拿祝福本，只能看手机拍的投资人企划内容。女士姓“钟”，你看多么好的组合，我说造梦吧，河南话“中！”大家齐笑，我和孟总成为微信朋友。

参观归哥的酒店门市，位于茶叶市场二楼。

一进门，由于近期我对书画特别敏感，就看到了东莞河南商会执行秘书长李中魁的大作：“马到成功”。真有天马行空的感觉，李秘书长把“马到成功”用书法形式画成骏马了。这就是中国文字的奥妙之处，任何国家的书写都达不到中国书法的境界。

我说：“你们知道我是怎么形容我们李秘书长的吗？”

归哥：“听听卞老弟高见。”

我说：“我们秘书长，左手书法，右手太极，行走江湖，马到成功，绰绰有余。”

刘昊老师说：“那不算什么，归哥的两把刷子更厉害。”

大家齐问：“哪两把刷子。”

刘昊老师说：“一把刷牙刷子，一把鞋刷子。”大家齐乐。

刘昊老师：“卞哥，左手边这个位置，归大哥留给我的，写什么好？”

不盲目崇拜
你可以研究
但不拘泥
并学着形成自己的思想

我说：“归大哥创意很早就想好了，我随便说几个打扰他的想法。”

“万发归一，万念归一，万宗归一，万念归宗”——我说了四组出来。还留了一个当时没说，现在写出来——“归入大海。”要知道，你思考大自然也在思考。

归同龟，寿者之相，入大海成大事也。

“造梦者”，思想无限。

董律师在微信群公布他的“造梦”进程：

杨会长，周会长，各位副会长、会员，现将豫膳斋进展情况向各位汇报——空调已安装，厨师9名11号左右到位，装修要等空调安装以后进行，现急招大堂经理、服务员。有人才的推荐为谢。装修施工单位由里明会长介绍，深表感谢！预计11月中旬开业。

我们董律师也造了一个梦——“豫膳斋”。

主要经营：豫菜回民菜系。

核心理念：在厚街及东莞的河南人吃到中上档次河南菜，地道家乡风味。

经营地点：东莞市厚街镇将军路祥翱酒店一楼。

我和董律师经商会认识的，私下我会叫他董哥，经常到我们小区附近吃羊排。记得第一次约见：“卞会长，你在哪里，过来吃羊排，你楼下。”“马上到！”几个月的时间好几次去楼下吃羊排。我们喝酒聊天。谈商会，谈项目，谈他的梦。他和马彬出资开饭店，商会的朋友融资。说干就干，十几天的时间就到位71万元现金，项目已开始启动，融资进行中。

东莞厚街我不多介绍，这个闻名世界的小镇，在这个粤菜、湘菜、川菜布满的小镇，很难找到一家档次高点的河南饭店，而河南

闭上眼睛想象你身体穿越针眼

人在厚街的外省人口数量排名中数一数二。董律师和马彬副会长就有一个心愿——开一个中高档次的河南饭店，起名“豫膳斋”。

到东莞厚街旅游的各界朋友，请到“豫膳斋”来做客！

欢迎东莞朋友们来厚街“豫膳斋”，恭候你的光临！

豫菜天下尝，膳斋有缘人。

造梦者、思想者、行动者、有为者，我们大家都在做。

我要说的，你一定要从无意识状态，调到有意识状态，再从有意识状态调到潜意识状态，达到自由、自然水到渠成的状态。

在你的一切高端意识中顺其自然。

后面章节我们将以大家通俗易懂的方式，深入探讨这种状态。

记得第一次与董律师吃羊排，买单时烤羊排的老板怎么也不收我的钱。在我楼下不收我钱？原因是烤羊排的老板认识董哥，董哥经常过来消费。我说：“董哥，下次我不让收你的钱。”在接下来几天，我这儿一有饭局就领客户和朋友过来吃羊排，结果你是知道的，我不但和老板熟，连烤羊排的师傅都熟了。

我造的小梦实现了，董哥就很少能买到单啦！豫膳斋我投资2万元入1股，我成为豫膳斋投资人，我投的不但是钱，而是一种感觉、一种人脉、一种资源、一种向梦想呐喊的声音。向上向善这种事去做吧，不要计较钱，你得到的远大于你的投资。

东莞市河南商会总会在东城凯旋门，也在众筹中原戏曲大酒楼。他们也在造梦，边吃河南风味饭，边听家乡戏曲。翁秘书长打电话给我，我毫不犹豫地汇去3万元入了1股，我用东莞市思想者文化创意有限公司的钱。我们一定要放大格局，交四海朋友、精英，高朋满座。我在为东莞市思想者文化创意有限公司铺路，我们书出版了，饭店也是我们主要卖书场所之一。

只有交心
才會長久遠……

我想起经常默念的话："人要纵横捭阖、合纵连横、无中生有、化不可能为可能，化腐朽为神奇、化干戈为玉帛，谈笑间，强虏灰飞烟灭！"

萬物皆為你友
你不要呼風喚雨
而是靜心和諧相處

2014年10月3日

东莞市河南商会执行会长、厚街分会会长杨崇国从越南回来了。

我等着开商会常委会。

我会拿出祝福本，请他们给我写祝福语，并争取他们能成为投资人。我用“喜乐子”向他们发出了我真心的邀请与感谢、感恩。我想他们已感受到我的真诚并为我准备着现金。真心感谢！

你对思想的力量认识越深，你身上凝聚的“喜乐子”越多，你的能量就越大。你的思想快速进化，你的认知级别就越高。你会发现，以前你认为要起始的某个事业基点，已在很低的思想范围。你要开创更高级别的事业基点，在别人看来像是不可能的事，对你来说已经行云流水，自自然然达到成功了。

你的思想一定要活跃，要学习，向上，以民以国为起点，以爱心感恩之心造福社会，你就会发现你的思想无所不出、无所不入、无所不可、无所不达。你会向至高、至善、至纯、至真、至美之境界修炼你的思想，你的幸福感会得到前所未有的满足，你身体力行充满力量，充满斗志，你进取的思想无敌！

你的人生从此精彩，无数“喜乐子”从空中汇聚而来，形成牢不可破的能量圈，环环向外舒张，展现爱心展现你的梦和你的思想、你的行动、你的有为。

你会为“中国梦”贡献你今生所有力量，为强大中国奉献你的力量。

用你思想和行動
為你的夢想
织一張网
你會得到你的世界

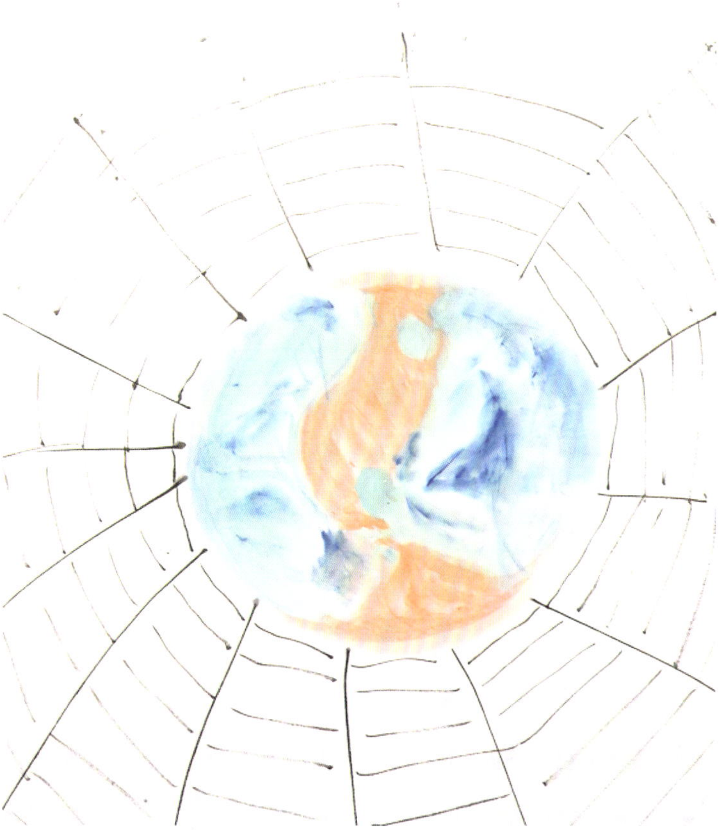

2014年10月4日

以前在农村老家过春节时，经常看到这样的春联："知足常乐"，"能忍自安"。

其实这些词语误导了多少当时没有开窍的我们。如果没有足够的智慧，足够领悟力，这两个词就误导着你。我们大多数人只是浅层次认识这两个词，甚至连思想都是麻木的。你要有足够的智慧与思考力，才能深度解剖这两个词。

我对"知足常乐"的理解：感谢、感恩我们现在所拥有的，我们更要有进取思想，明天也"知足常乐"。每天都在进取，每天都在行动，这样才是真正的知足常乐。

我经常回老家，看着很多家徒四壁者，却不思改变现状，每天哼着小曲，标榜着"知足常乐"。小孩上学没钱，盖房子没钱，每天都处于穷困潦倒之中，嘴上还说人不要做得太累，知足常乐。典型的麻木心态，自我陶醉心理。

但你一定要有进取的思想，行动的执行力。

你要造梦、为家人的幸福、父母的安康，为儿女教育提供好的机会与基础。

当小孩上学没钱时……

当孝敬父母没有实际物质供养时……

当生病没钱时……

你还能喊着知足常乐吗？我们一定要有足够财富、有能力负担起养家的责任，在有足够财力时，当为国为民做贡献。

你一定要前进，要有进取谨慎，有效行动。你的目的必须纯

你要和空氣交朋友
空中充滿著靈魂的眼
睛，帶你尋找吉祥

正，当你不停前进，社会会为你自动让开一条路，那就是幸福之路、进取之路、快乐之路。

每天持续改变自己思想及行为，你造的大梦不变，你将摆脱苦闷、烦恼、忧愁，抵御一切不良信息侵入。进取的“喜乐子”在你身上注上能量圈，你的家人能感受到，你的朋友能感受到，你的客户能感受到，整个社会都能感受到。所有挡在你面前的问题都不是问题，你有足够能量注入，足够的创新思想，有效行动，更会增加你生命的活力。

我以前和一些朋友交谈中，他们有一句话我不赞同。他们会说：“我没有钱我却是快乐的，你看很多有钱人，活的并不快乐。”

你完全可以这样说：“我拥有财富，我拥有快乐。”这种生活方式大量存在。你只是想的不够多，见的不够多，自己交际圈太小，视野太窄，想法出现了问题。你完全可以综合出两句优点，活出自己的精彩。到那时，你才会真正理会“两全其美”的真正含义。

中国文化博大精深，你必须深入思考这个词语背后的真正含义，不要被浅层次的表面语言掩盖了你的思想，代替了你的思想，成为你浅见的托词。

“随遇而安”这个词境界更高了，能达到这个词语境界时，背后将有强大物质财富与精深智慧的支撑。我曾读过孟非老师的《随遇而安》，表面上不露声色，实际上你看到他在“非诚勿扰”台上主持，充满爱心智慧开导。语言的修炼，节目更新与进取，都来源于他深层思想力、行动力、大智若愚的中国智慧。

我是1992年来到东莞厚街打工的。那时，我是机台流水线上的一名普通工人。每天看到那些老板开着小车，拿着手机出入酒店

平时用笔记录星点智慧思想

改天组合，其价值大于黄金与钻石

大于以前你拥有的所有财富……

时，我时常对机台上几个老乡兄弟说：“什么时咱也能开着自己的车，也拿着手机，呼朋唤友去酒店去消费呢？”那时我们的月工资是210元，老板的逍遥对我们来说遥不可及。

但是我们有想法，这个想法终于实现了。

我是2003年买的第一台车，实现了1992年的梦想。

因为当时是无意识状态，所以十年才达到了愿望，没有导师引路，这个过程太漫长了。我真正达到有意识状态是2011年年底。我突然给经常打牌的几位朋友说：“我不打牌了，再打牌不要叫我，喝酒喝茶可以。”虽然偶尔还打，但没有以前那样疯狂。打牌也达到有意识状态，结交朋友，扩大自己的交际圈，进入商会，自己有意识去做。

我当时无意识状态是指有活就干，有饭就吃，虽然偶尔想想发达的梦，但一下子就没了，三个月想一次，或半年想一次。没有持续的想，持续思考，没有注入思想能量，上进能量，那你的成就将慢多少倍！

我的意思是说你想发达、创造财富的想法，是完全正确的。

你要在遵守国家法律法规的情况下，尽量展开自己创造财富的想象翅膀，持续地想，不间断地想。也像我一样，写下人生十一条，造一个梦，思想加行动，行动加思想，形成你的倍加速度，你的生活质量一到两年内将得到改变，并且大幅度提高。

我的潜意识状态，就是目前状态，我觉得有件事要做。就是书，写书、造书。

愿景是用一幅画、一句话、一个人意境直指人心，令你有所思，有所悟。

我和刘昊老师在交谈中说过这样一句话：“我们的每幅作品就是一把金钥匙，几百把钥匙总有一把能打开你的心锁。”就这样，

你是人，你是自己的國王。你的思想、行動，你來掌控。

又有了一张构思图出现。

如果你有相似构思，请把创意给我们，让朋友们分享。

投稿邮箱911681250@qq.com，录用即付稿酬。

后来加进了自己的描述，又加入一个众筹投资人企划。

用梦实现梦。由于坚持两年多意识状态的心法及各种思想和行动，混合修炼到2014年9月17日，突然有了一个想法，便立即去工商局注册，在短短的19天内发生的事情、产生的能量，有目共睹。我每天做的事已达到潜意识推进——写书、构图、众筹投资人，与刘昊老师合作等等。可以想象我目前的状态。我四十个优美词中有自由、自然两个词，我很享受这个状态。

计划3个月出书：总页数200页，文稿100页，插图一百幅100页。

由于计划在出第一本的时候，我们已拥有第二本书的文稿及图画，所以有两倍的工作任务。我们将不间断制作与出售，当然我们还有更好的创意，这是后话。

但愿我的分享能给你一点感悟，笔下之言，难表我意，你领会了，就够了。

今天最大的分享由方圆会计师事务所褚喜来哥哥引见，认识我们方城县博望镇张东升兄弟，谈老家的朋友及事情。陪同褚嫂、赵哥共进晚餐，互留电话，他们为我写下祝福，组建方城微信群。

你和太阳交朋友
你就慢慢变成发光体
你的思想进入太阳
让太阳的思想
走进你的思想

2014年10月5日

我的第十二位投资人是喻旭东。

喻旭东是我生意上的合作伙伴，人很有灵气，戴一副眼镜很有文人气质。做热熔胶粒生意，我的热熔布热熔胶90%都由他供应。我们经常在一起喝茶聊天，谈得最多的就是思想和书。当我把众筹投资人企划书给他看后，他当场表示赞同，成为投资人。

他是一位爱读书的人，并且说等我书店开业时，把他的几百册藏书也拿到书店与大家分享。我还要看怎么一个合作方式，因为我的目的是造书，并附有创意文化，我对他加入表示衷心的感谢、感恩！

我们聊现在读书的人越来越少，大家都在玩微信，手机上也可以看书，以及网上淘宝会对纸质图书造成冲击。这些我承认，因70后的我也在玩微信，QQ现在很少上了。但我说书与微信有区别：

1. 对眼睛的刺激，书完全少于手机及电脑屏幕。

2. 自古有一句话：温故而知新，可以为师矣。

3. 真正明白一本书，读透一本书，没有三五遍你就不可能彻底明白其含义，我们对每一本好书多读一次就会多加深一些领悟与潜意识植入的效果。

4. 手机快速刷屏，虽然有的话很有道理，但在你脑子里没形成焦点，很快淡忘。如果你把有用的话摘录下来，反复地读那就对了，但又有几个人能做到呢？手机刷屏，就如坐高铁看风景。

微信都是简短的话，点睛之话，这就是微信的作用与好处。任

當你不拜佛时
就是佛祖最大心愿……

何人都要建立自己的思想体系，形成思想结构框架，并不断注入新的思想，提高自己的思想高度。

接受新生事物出现，并能深入经藏，只有深入经藏才能智慧如海。我的想法是既能领略微信正面能量，积极向上信息，又能阅读书籍，共同结合，找到自己修炼方法与心得，那样会加快你的成功。

关于网购的事情，我也有更好的解释，我也有网购图书经历，但我买书最多的还是书店。有几点感触，还是我说的“喜乐子”感应。

你只有亲临书店，才能感受到书店气场，那种文化氛围，那是你网购体验不到的，也不是省下十几元钱的事。你少了接触社会的灵气，那种书场的“喜乐子”怎能降到你的身上呢？你在书场挑书的过程中，你会感觉如同与每本书的作者对话，穿行于智慧与思想长廊，你在挑选智慧的金钻。

每打开一本书，无论买与不买，都将有清新墨香直入你的身心，令你心神入醉。如果没有结婚的男女朋友在书店，也许会遇到你的人生知己！为了省一点钱而网购，那将少了许多浪漫时光。

还有一种做法更不应提倡，你在书店看好某本书，然后回家网购，其实是表现了某种小聪明。小聪明与智慧是无法相提并论的。你省钱恰恰是富有的缺失，你心中富有的“喜乐子”会减少，你感觉不到，但你思想深处已与外界产生的联系，“喜乐子”知道。

中午，李明打电话过来，说韩哥在，让过去一起吃个饭。我给老婆平打了个电话，就去汀山我们常聚的河南饭店。这是一个只有一间店面的河南饭店，最多能容纳三十多人就餐，是我们老乡在汀山常聚的地方。

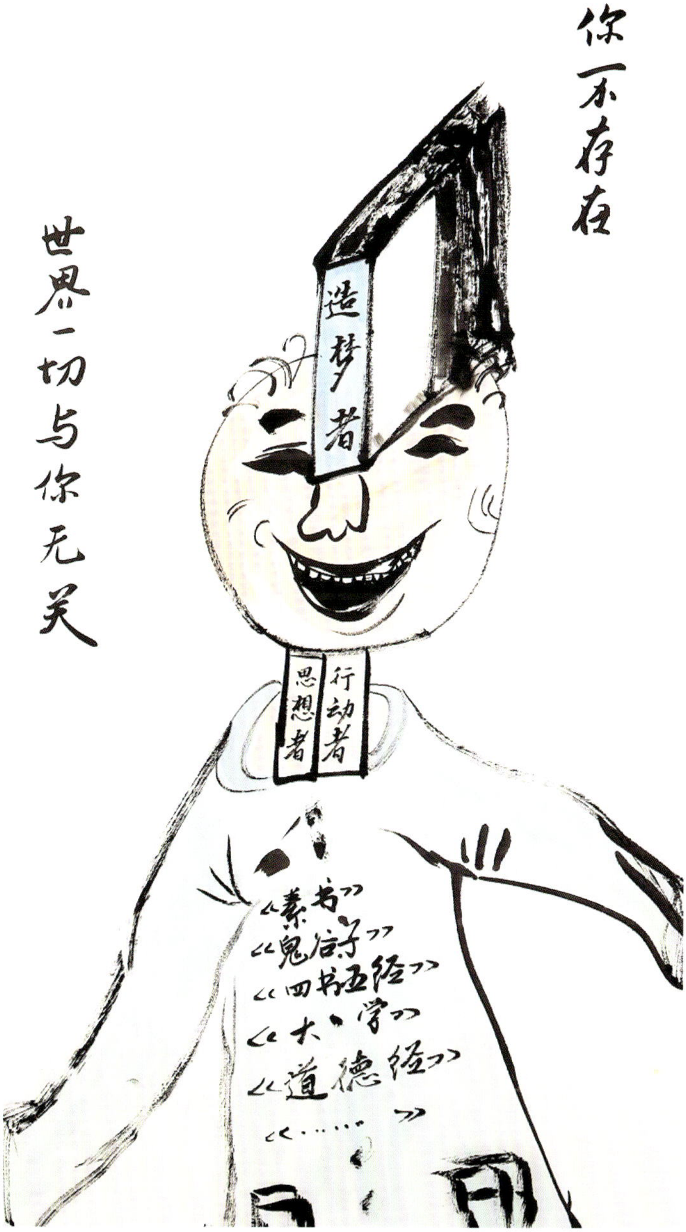
你不存在
世界一切与你无关
造梦者
行动者
思想者
《素书》
《鬼谷子》
《四书五经》
《大学》
《道德经》
《……》

平时很少会把客户领到这里来消费。无论整洁程度，硬件设施布置，还是服务，都达不到一般商务接待标准。这就是董律师和马彬会长要开一家中高档河南饭店的梦想缘由，并迅速执行。他们思想加行动，从开始筹划到饭店开张，用了3个月的时间。我更欣赏董律师的地方是，如果这个饭店达到赢利状态及稳定模式，将会以分店的模式加以复制，成为连锁餐饮公司。董律师大梦想，将以一个店为起点，铺展开来，这才是我最欣赏的。

看你的梦有多大，然后以一个点开始，思想加行动，去实现你造的梦。

梦想是给有准备的人准备的。

李明哥、韩哥，我和王前进兄弟与另外三位朋友（他们不喝酒）两瓶豫商茅酒喝完后，前进兄弟答应成为我的投资人。由于款没到账，以后再做详叙。豫商茅酒是我们东莞河南商会成立以来，厚街分会做的第一个公众项目。豫商茅酒真是好喝，酱香型纯粮打造，不上头醒酒快，就是喝醉头也不晕不疼。就连平时只喝红酒的商会杨会长也开始改喝豫商茅酒了。

豫商茅酒购回来以后，我就拉回二十箱，连喝带送所剩无几。我的老婆平看到就皱眉，她不想我喝太多酒。那天我改了酒词，改喝酒为品酒。以后到厚街的朋友，你将品尝到我们商会专一定制的豫商茅酒。

酒席上还有一位小朋友——明哥的孙女，乖乖的不吵不闹，有礼有节。自己认真吃饭，我们讲话她听着，没插一句话，很可爱的小女孩。聚餐结束、韩哥与前进兄弟同行，另外三位朋友去办事情，也都给我写了祝福语，在这里再次表示感谢！

我送李明哥和孙女回家，小孙女在后面小声唱歌。我突然来了个想法，便问：“小孙女，我知道你今年多大了。”

我命由己不由天
造梦者

“多大了？”她好奇地问。

我看她跟我儿子立地差不多一样高，便说：“你不是九岁便是十岁，十岁的可能性要大一些。”

“我十岁，属猴的。”猜想没错，跟我儿子一样大。

“我知道你上几年级。不是四年级就是五年级，应该是五年级。”

“你怎么知道的？我上五年级。”她连忙回答，好像想到什么，说：“我知道啦，肯定是爷爷告诉你的。”李明哥连忙证明说没有告诉我。她眨眨眼睛望着我，心里在想，他是怎么知道的呢？

我说：“我还知道你唱歌好听。”

“你是怎么知道的？”

我说：“我还知道你在班级里是个音乐委员，要不至少当个小官。”

“我们班有四位小组长，我是其中一个，我还是我们班长助理。”

对她来说，我都说对了，简直是一个奇迹。

她反问道：“你猜猜我是几月份出生的？”

我说：“这个太容易了，不过在我回答之前，你先回答两到三个问题。”

“可以”。她回答得很坚决。

我说：“第一个问题，你在六月份之前，还是六月份之后？”

“六月份之后。”

“第二个问题，你是十月份之前，还是十月份之后？”

“十月份之后。”

我笑着望着她，她奇怪地望着我。

凭直觉，我说：“你是十一月份出生的。”

推開智慧与富貴
之門秘訣
你只需发現自己的
心門……

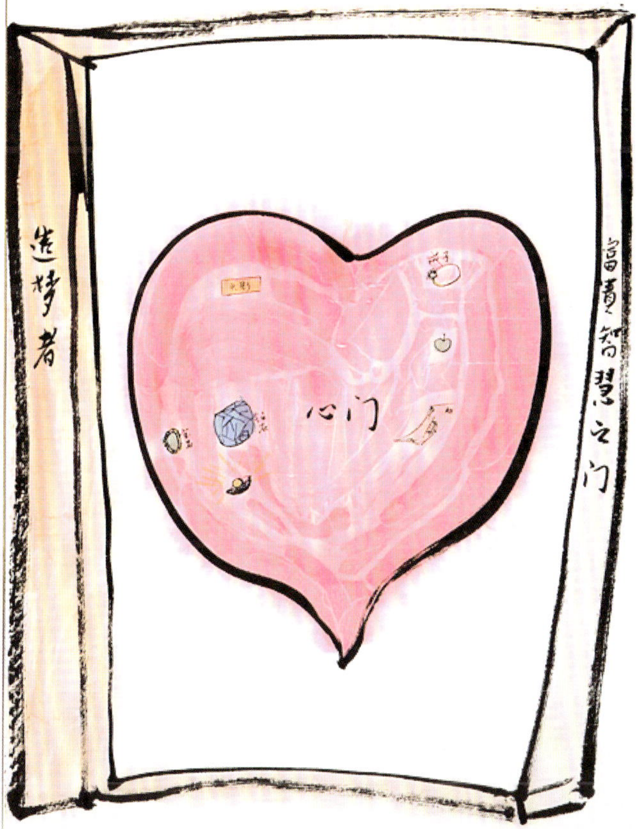

“我是十一月份出生的。”她拍着手。

我说：“我只问了两个问题。”

小朋友说，如果她回答在十月份之前，第三次你应该怎么问？

我愉快地告别明哥和小孙女，我和小孙女之间已种下神奇的“喜乐子”。等她年龄再大些，她就会知道答案，她的智慧便会超速发展，成为一个秀外慧中的好女孩。

晚饭时，我和老婆、女儿选择了一家不错的西餐厅。各自点了一份最喜爱吃的美食。优美的环境、高雅的格调、精美的食物，都将深深烙进你的心里。有些外在事物对大脑产生刺激，并能产生你精准高级的思想，相辅相成。你的高雅与格调在你以后的物质文明展现方面，会进一步提升。思想的高度进步，会展现物质文明更迭，更适合人类需求。无论精神，无论物质，从优秀到卓越。

我在这里还是要提到思想。你的思想出发点一定要正确，不害人害己，不违反国家法律，不违背道德良心，持有共赢的态度。以这个为基点，你身上便有了正思维的“喜乐子”，人们才愿意和你交往，否则你将失信于社会，终将被前进的潮流所掩盖。

浅显地讲，你立身于社会，就像你身上的某个细胞长在你的身体上，如果不思进取，你就像身体表面的细胞，在你洗澡时，便遭到淘汰；如果兴风作浪危害身体，形成疮或肿瘤，你要顾全身体，终将开刀将其切除，就是留下伤疤也在所不惜。也就像牙痛要命时，终将拔牙！

你的思想犹如房间，你是愿意走进灯火通明、有书籍、有歌声、满屋高尚人士祥和气氛的房间，还是走进阴暗、布满灰尘的房间？

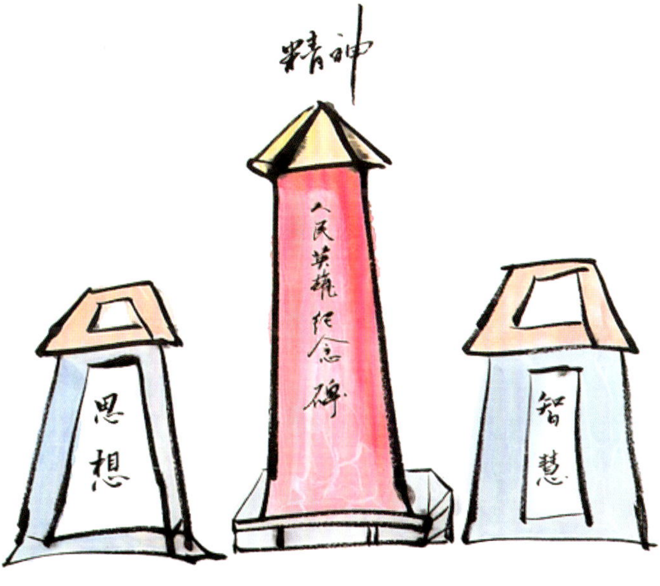

你最终留下的……

随时清理你的思想垃圾，打造全新的你。

昨天，我把我的合伙人刘昊老师拉入了东莞市思想者文化创意有限公司的微信群，我的目的有三个：

1. 让他观察我们人数逐步增加的过程与玄妙。

2. 他可以拉有缘的投资人进入我们群，并只讲开书店售书，以书吧方式，有茶有咖啡，也有讲座沙龙，纯心灵交融、思想碰撞园地。

3. 刘昊老师长期写字绘画生涯，有很好的人脉圈子，把做书画生意的有缘人拉进我们投资团队，就是出书那天我们的自销团队，也会达到很大数量。这本书的悬念解开，本身也像一个魔术表演，大家都等着我的图书馆开业。

在那么偏僻的地方开图书馆，能否赢利是最大疑问。

人都要有梦，然后进取有效行动。思想加行动，行动加思想，将在你身心内部产生激情，对你所做事情会产生倍加速度。加速思想进化，你的梦想将会与你拉近距离，马上会变为现实。

如果你从内心里不喜欢你的工作，那表示你已经动用思考力了。那你在做好本职工作的同时，用你工作以外的时间，去做你喜欢做的事，直到有一天你喜欢的事情终于养大或爆发，你就可以辞去你现有的工作，倾尽全力打造你喜爱的事业，并使之升华，达到这个行业领先水平。或异军突起，展开一个新的领域。

就像一首很好听的老歌：跟着感觉走，紧抓住梦的手，梦想的事哪里都会有……

你此时在唱这首歌，你将重新诠释它的新意。你的见解，只是思想升华罢了。有的人早就懂了，有很多人却不懂，你只能和自己

本就一个月亮
都视对方为月亮
才能成为
真正的朋友

的心灵分享，如果和别人分享，你还要注意把握度。

有的人只是觉得曲调优美，有的人觉得词不错，有人认为唱这首歌的原唱是他崇拜的人而已。而我的分享是：写这首歌的人当时正处于意气风发的创作激情里，他正在前进状态，并且已达到很好境界，思想已经卓越，达到以梦实现梦以潜意识实现梦境界。但愿能注入永久能量，永远处于谦虚状态，那将会写出更好更多的歌词。

你是处于前进状态吗？还是持平状态，倒退状态？以下你就可以看出来：

一、最近两年认识几位比你能量高的朋友，有没有经常在一起？

二、你有没有添加新的人和物品进入你的办公室，例如：

1、新的办公家具。2、电脑设备更新。3、书画。4、沙发更换。5、高素质人才的加盟。

三、几位老客户成为朋友，交几位新客户成为朋友？

四、认真地看过几本新书，每更换一次工作是超越还是无奈？

五、有没有交学费听励志的演讲？

六、有没有改变想法，有没有更新你的语言风格？

七、发现自己的对象还是美丽动人吗？

八、认识自己和自己交朋友了吗？

九、你现在的工作或事业是不是自己真心打造的？自己真的想要什么？

十、你在放大梦想，或是守住现在？

十一、经常赌博吗？或越赌越大，一个月的工资一夜赌完吗？

十二、减少不良习惯了吗？

不思进取的人最怕改变
反而是最大的危机

2014年10月6日

今天早上起床，我和老婆平拉着女儿到工厂，我们快速处理公司的事宜，然后去东莞东华医院为女儿矫正牙齿。

我现在又把身心做了一次调整，做好目前工作，认真对待机器和鞋材定型布的事情，因为很多业务还是通过我做进来，我要倾心对待。在做本职工作基础上，写书与刘昊老师合作字画。

关于女儿的牙齿我们与杨医师做了深入交谈，并约定10月20日为女儿做矫正手术。

在交谈前，我们看杨医师以其精湛的医术顺利地为两位小朋友矫正安装牙医。看到很细钢丝在杨医师手中简直就是变魔术。我在想，杨医师在年轻的时候也在造梦，他造了做牙医的梦。他实现了，他正在为需要他的人群服务。

他的服务对象排成队，并需要长时间去预约。从他的笑容可以感受到他的和蔼与慈祥。他的生活是富足的，他的心灵是富足的。

我看到两位实习生做他的手下跟着学习医术，他用他的思想与行动，成为牙医的领航者。

我的主管业务的张经理已顺利联系到他的表弟李先生，我想要的书写者。用钢笔写了一首诗过来，是我欣赏的字体。我和他通了电话，他很感兴趣，虽然我开的工资是他现有工资一半，但还是吸引到他，他需要一个月的时间处理好现在工作，然后来东莞与我们合作，他将进入东莞市思想者文化创意有限公司，成为我们团队一员。

停止 成長

不知不觉到了晚上六点钟。何顾问打电话说关于厚街餐厅的事，并与董律师、李明哥、王秘书长共进晚餐，我告别刘老师装好画作回厚街。

何锋何顾问把一叠钱塞进了我的口袋。

我的好兄弟，我第十四位投资人。

我们是成立商会时认识的，他与朋友一起开了一间财务公司，为企业做各种税务咨询工作。不善言辞，但每句话中肯扎实。我突然想起一句话：有缘人只是初见，但已是多年的朋友，无缘人经常相遇却存在着无言的陌生。我想这就是我们每个人身上的“喜乐子”。何顾问没有过多言语，就说一句话：“卞哥，你说了算。”

我写到此时，感知某种幸福的“喜乐子”在身上自然产生一种愉悦，不可言说。

董律师点好菜，明哥倒上豫商茅酒，我们的晚餐正式开始。我们一半谈书，一半谈饭店，因为这两个梦的主人在同桌，同时在造梦。

“卞哥，你这个项目思想太压着我们了！”马彬副会长直来直去。

“不敢，不敢，兄弟我没这个意思。”

“卞哥，我正在上课，这两天听进去了，明白点道理，我才说这些话，不过你的项目我投。”

感谢兄弟，我们举杯共饮。

马彬兄弟也是在商会成立时认识的，最近正在上励志课，喊口号把嗓子喊哑了。我已经感觉到他身上的某种变化，他变得谦虚了，洗掉了某些傲气。

“你们说我上课值不值？”我问。

“两万多元。”

私心是你苦恼的来源……

我故作慢言道："你这两万多元，太值了。"

马彬一下子抓着我的手："哥，怎么见得。"

我说："你身上的傲气消失了。"

董律师讲："马彬身上没了傲气。"

"董叔，您是长辈，我在你身边时没有，但我身上傲气确实还存在着，卞哥就感觉到了。"

我此时感觉到了马彬突然发现了自我，寻找到悟点。马彬讲他这段神奇的进化思想历程，他讲到最近发现自我的感觉。我说："其实中国古老文化早就有了'知己知彼'。"

董律师接说："百战不殆。"

我们已不再谈书、谈饭店，而是谈思想，谈心灵，谈发现未知自己，谈感恩。

明哥端起酒杯："喝酒，喝酒。"大家共同举杯后，马上又进入这个话题。

马彬像是找到谈话知音，与我和董律师共同探讨。我分享着马彬最近听课心得，想起了2011年底的我。当时我和朋友们说不再打牌，喝酒喝茶可以找我时，我就是在寻找一种状态，那就是去学习。在这两年时间中，光听课就用了五万多元，买书籍，听碟子。看书和听课打开了我许多玄关，并找到自己修炼方法。

我为买套碟子，会开车去深圳机场。

我感知着大自然，与大自然交朋友！

我会在意一滴雨水降落，感动一片落叶的去处，感恩空中"喜乐子"的汇聚。

我深切知道，马彬已处在前进状态了。

这是多少钱都买不到的效果，他更应该感恩那带他学习的人，

一百个善意
从一个善事做起……

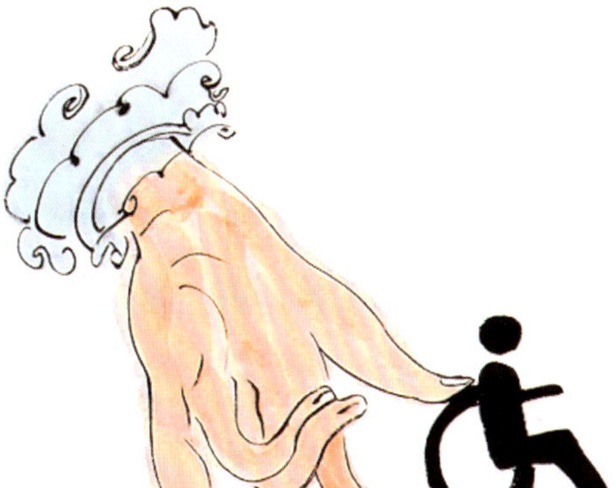

因为很多人开始怀疑被朋友强拉过去的。如果不是以传销及销售垃圾产品为目的，你都可以去听。但我这里还是有个建议，去时除了学费外，不要轻易掏钱买无价值附带品，课程是可以听的。

他会对你人生启蒙画上重要一笔。

如果你真的开始用心学习了。

我们大多数人都看过武侠小说。某憨厚老实的年轻人，突然掉进山洞，遇见绝世高人，通过几个月或一两年修炼，炼成大法，天下无敌。

其实我现在的理解是写小说的人开悟你，你就是小说的主人。

我好像突然找到我要写书的某些原因。

这两年来，每当我看到好书时，就会从书店买十本二十本的回来。跟朋友喝茶聊天时，我就会谈到书，问朋友爱不爱读书。如果讲平时看书，我就会送一本，但碰到不看书的朋友，我只好放弃送书的念头。近两年来，我送出去的书不下两百册，我知道，智慧的东西越多人知道越好！

不看书的朋友怎么办？

我知道东莞是一个商业制造城市，这里的脚步踏的节奏比较快，很多人都把财富作为第一目标。找订单，找员工，供应商，出货，来不及的空运。喝酒找项目，加班，拼命地加班，很多人茫然忙着，想慢下来，却又放不下。

我就想用画作，一幅画，一句话，一个意境送给忙碌的朋友们，再忙三秒钟就够了。醒悟，只在一瞬间。

我不能只满足身边的朋友。

作为七十年代出生的我，最直接的方式：造书！

这就是东莞市思想者文化创意有限公司注册的一个念头。

宇宙萬物
光速
30萬公里/S
光的传播速度
三十万公里每秒
快不过思想……

主要经营：创意文化，书。

核心理念：让书延伸到国家的每个角落。

我只是高中只上半年的人，一个做机械的，一个做热熔胶鞋材定型布的，突然要来写书，我不能公开说写书，我只能说开图书馆卖书。我将充满自信，有着强大信念，并且我需要大家的祝福。这种思想文化传播用图画方式，100幅、200幅、300幅……无限量制作，就像刘昊老师突然悟道的一个创意：这么多的钥匙总有一把打开你的心门。

其实，我们这本书只是悟道方式之一罢了，主要还是很多不爱看书的朋友。爱看书的朋友看了这些画作，对你有帮助，我们也就感到欣慰、感到满足。

我还是有一个主要目的，就是我的书能走进偏远农村，让更多人看到此书。我从小在农村长大，现在虽然有电视等传媒，但这种一针见血的语言及画作实在是太少了。在我们老家的镇上，很少有个像样的图书馆，我们在当初走不出去村的那会儿，多么渴望有一本好书啊。

对书的渴望，是我们那个时代农村孩子永远的伤。

我们这些投资人是不是也有这样的想法？

他们大多数人来自农村，大多数人经过一二十年的打拼，白手起家。他们虽是商人，但骨子里还有一种农村的乡结，那种梦归故园“喜乐子”在扰动着他们的心。

共同举杯结束酒宴，大家意犹未尽沉浸在心灵大餐的享受之中……

我真心地希望我们这些在外经商的朋友们，今年回家，多带些

思想行動一但
失去
所擁有的一切
將會衰落

书给家乡的父老乡亲、朋友、自己的子女。这将是最好的礼物！

西瓜的来历：

据说有师徒二人从西方回来，带着西瓜种子，他们把西瓜种子种在了田间。他们的心愿是让当地居民在炎热的夏日能吃到西瓜。

夏季来临，地里长出西瓜，个个如人的脑袋大。村子里的人议论声起，那块田地里长出了妖怪，圆圆的像是人的脑袋，青绿色挺吓人的。小孩不敢去，大人们远远地望着，心里咚咚直跳没人敢靠近。

徒弟知道那是什么，二话不说，拎个杀猪刀照着西瓜剁了下去，西瓜一分为二。天啊！这个人把妖怪杀了，红红的流出了血。这个人比妖怪还妖怪，村民拎着干活的工具把那徒弟赶走了。

村民更加恐惧，不敢下地里做农活，小孩子也躲在家里面。

师傅站了出来说："我去看看那是什么东西，如果我不幸去了，好好的厚葬啊！"

村民劝他不要去冒险，师傅坚决要去，不能影响大家耕种。

师傅带了把匕首，找个最大的西瓜王从上到下刺向了西瓜，匕首刀刃一半露在外面，阳光下闪闪夺目，没有血流出来，师傅绝对安全。

师傅战胜西瓜王，其他西瓜动也不动。

村民欢呼着蜂拥而上，村民们开始享用西瓜。、我在想，西瓜如同智慧，在传导时，也需要智慧。

十分感谢董律师的故事，十分感谢故事来源。如有出入，敬请谅解！

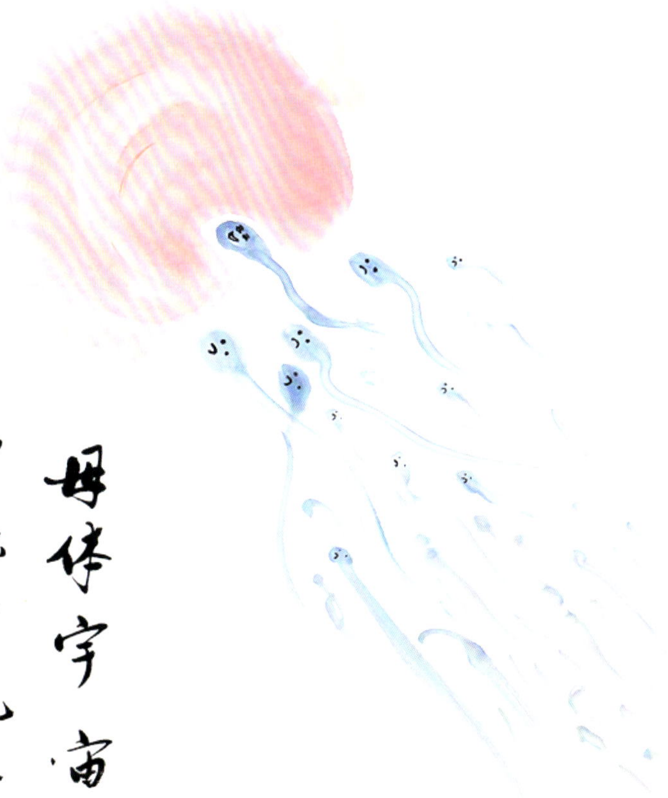

母体宇宙
你独一无二
你生命的奇迹

2014年10月7日

意利科技有限公司杨崇国董事长，东莞河南商会执行会长，厚街分会会长，在厚街商会常委群发布了自己的看法，由于文章与我的许多想法不谋而合，故摘录分享：

各位常委，朋友们：下午好!国庆假期结束，再次祝福各位金秋十月，收获多多，幸福健康！转眼2014年已经度过了三个季度，回顾已经过去的日子，你的收获如何？对未来的一个季度期许又是多少？

纵观经济形势，非常不乐观，无论从房地产市场到实体制造业，经济低迷，危机四伏。近期接触和微信上了解在莞的企业和商协组织，多数企业和个人在思考转型或转移，发展新项目。包括咱们商会内部，近期听到多个版本的转型和新项目消息，只是咱们厚街分会，已收到二十个以上版本的新项目和好消息，这些消息只能从宏观上告诉我们大家内心对当前经济形势的焦虑和担忧，更加说明了市场倒逼大家转变观念。

前天听到外省朋友谈：说70年以前的人员，如果观念不转变，绝对是外商和企业转移或者淘汰后的下批被淘汰对象，未来社会主导者将是80后或者90后，这些话从内心刺痛了我。回想起来觉得非常有道理，也充分证明新时代的来临。

身为会长，从一开始至今内心深处从未停止如何发挥我的个人所感所知，推荐或者引导大家如何适应时代的进步，不让自己成为被淘汰的对象。今天有感而发，希望能给大家一些启发。本人再次

人们的起点在不同的码头
但追求的共同目标都是彼岸

呼吁各位会长常委、会员朋友们，无论你在筹备、策划任何项目，千万别放弃本业，大家在做好本业的情况下，再研究新项目或新机遇，固本而升缘。不要轻易放弃本业，对于商会的工作，也是在大家拥有稳定产业基础上才能谈商会工作，才能有精力参与商会工作。希望以上内容对你有所帮助，打扰各位！

兄弟们，加油！

我们厚街商会常委群17人，其中一位是福建莆田商会执行会长陈国清先生。

你知道我为什么要加入商会吗？这就是每天发生的精彩事情，这些都是商界的精英，从他们身上，你学会高度，广度与深度，学会了格局，学会了宏观到微观，过去现在与未来逐层的延伸与递进。我点赞，感谢杨会长分享。

我开车到小区楼下停车场时，老婆平接到儿子到楼下，我顺势拎着老婆的手提包，这是我应该做的事。老婆平小声对我说："这是很幸福的时刻。"我结婚这么多年来，漏掉多少美妙时光，以后我会一一捡拾，不再遗失。

下午，做EVA的韩哥约我去他公司，张总、二哥也在，主要会见从中山来的尹总，是韩总重要合作伙伴。我知道去的目的：打牌。

我处在去与不去之间。

开车到了韩哥位于沙田的公司，我们四人喝茶聊天，并且很快进入打牌环节，大家都抽着烟吞云吐雾，钱来钱去，进入了循环。

我仿佛回到2011年前的那些日子，我和几位朋友为了打牌，每人每年差不多要过几次生日，万江、沙田、厚街每次聚会的目的，沉醉于打牌。吃完饭打牌，打完牌泡脚，KTV，最后问谁赢钱的时

如果开眼了不只是八个字
如果按照它做
没有人知道你会攀登
多高

候，大家都说让饭店与酒店赚去了。为什么这么说，打牌的朋友几乎都知道，你可以问他们！

我总结打牌的好处，这一条可以说缓解工作压力，调解身心。但处到现在状态的我，这个也讲不通了。

一、打牌的负面效应，我随便列几条：

二、误会出错牌，100元会令你面红耳赤。而平时争着买单的兄弟，赌博会变“赌搏”。

三、对子女造成不良影响，影响夫妻感情。

四、对生意造成影响。当你打牌时，你会急着挂断客户电话，你的语气、声音、思想不在状态，对方感应到不受欢迎“因子”。

五、控制力差时，会越赌越大。

六、输钱时你的心情会差，虽然表面不显山露水，虽然是免费KTV消费，也没有了心情。

七、有时你会动用公司流动资金。

2011年底，我记得是在万江江龙酒店，我正式宣布不打牌了，以后打牌不要叫我，喝酒喝茶可以。虽然现在偶尔还打，但我已处于有意识状态，并且越打越少，要让这个不良习惯消失，我要有所行动了。

2012年春节过后，我开始处于学习状态，外出听励志演讲，到书店买各种自己喜欢的书籍，去凤山公园散步，修炼，梦一般的行走。就像现在马彬会长处于听课状态，一切皆有新意，一切在改变。

在2011年9月份，当时机械生意很好，但我还是觉得哪里不对。我们没有自己的产品，没有自己主打的东西。在以后的日子里，表面工厂很忙碌，我还是感觉到了深层次危机感。

生存
當生存意
识占据
大脑的时候
危机就
會减少

我去福建赵总、去上海沈总那里考察，找一种感觉。最后在一朋友喝啤酒长时间的交谈中，做了鞋材定型布行业。前一年的时间，天天跑客户，打样板，学习各种热熔专业知识。2012年底到2013年初，才逐渐得到客户认可，不断有订单进来。这两年来定型布订单逐月上升，热熔胶类成为了我们主营业务。

我记得很清楚，当时的一位老员工说："卞总，你变得太快了，看不懂你要做什么。"

我笑着对他说："你看我们门前的马路不也在变吗？"我们门前的博览大道升级为市级公路"环莞快线"。

我在做热熔胶的同时，经常在思考一个问题，做一个什么样的产品，能全国发行，并且不停的创造，不愁订单，不愁销路，并为大众服务。我时常念我的人生十一条，烂熟于心。

打牌结束后，共进晚餐，紧接着KTV……这一切是都程序化。

我选择有事离开，我要回家整理文稿，200幅插图要3个月内完成。我必须夜以继日。我很享受这个过程，我说过我的心态要自由、自然、和谐、快乐。我感觉到这种从小梦实现大梦，以梦圆梦，梦梦相加的潜意识前进状态。

我会逐渐告别打牌、KTV场所，我不是说不好，而是觉得那场合已不适应了我。

当某些场合不适合你时，你不要产生矛盾心理，要动用你的进取思想，并产生行动。如果你认为客户需要打牌、KTV才能跑来订单，只是你的认知出了问题。

你认为喝酒打牌、KTV才能找来订单时，你就有一批喝酒、打牌、KTV的客户等着你。

你认为钓鱼的方式能找来订单时，就有一批钓鱼客户朋友在等你。

你和树木花草交朋友
红花绿叶是你梦的衣裳

你认为喝茶交友交心能找来定单时，就有一批这样客户等着你。

你认为不需要找客户沟通思想认知时，那你就“栽好梧桐树，凤凰自然来”。靠自己的产品创新，领先行业水平、性价比优势。

以服务大众需要为目的，你的产品来自于创造，并融进大自然的智慧与思想，你将有来自宇宙订单，达到自由、自然状态。你升级的状态决定你的单价、收款速度、稳定性很有关系。

我也在追寻着这种状态。

你一定要提高你的思想认知与加快思想进化。

运用“无中生有”创造一个新的产品，并定到你思想所有认知最好水准。突破、严密的思考力，有效的行动力，开拓进取充满激情，你将引领行业的步伐。

你无须应酬，选择符合你的标准。

你进取的精神，自然会引起周围朋友和人们的关注，他们从你身上得到某种向上力量鼓励，自然而然踏起相同节奏，走进高一级的状态及生活水准，他们也将加速进化，开阔视野，放大格局。以前认为无法化解的矛盾与怨气，也烟消云散了。

整个大自然都在进化着。

你的思想不进化，行动跟不上，就会被淘汰。

我的第十五位投资人：明恒激光厂总经理刘金先生。

一个用强行思考力并行动的人，我从他身上感到了锲而不舍，勇于尝试，敢于开发的精神与能力。他是我的好客户，发单给我做。我们每每聊天的时候，他就拿着块热熔布，怔怔的，看似发呆。我知道，他的思想在飞速盘旋，他在思考，在创造，他在追求更加完美产品，怎么来服务他的客户。他为他的产品起了个很好的名字，并申请了专利。这个产品是他发明出来，推动鞋子制作改良

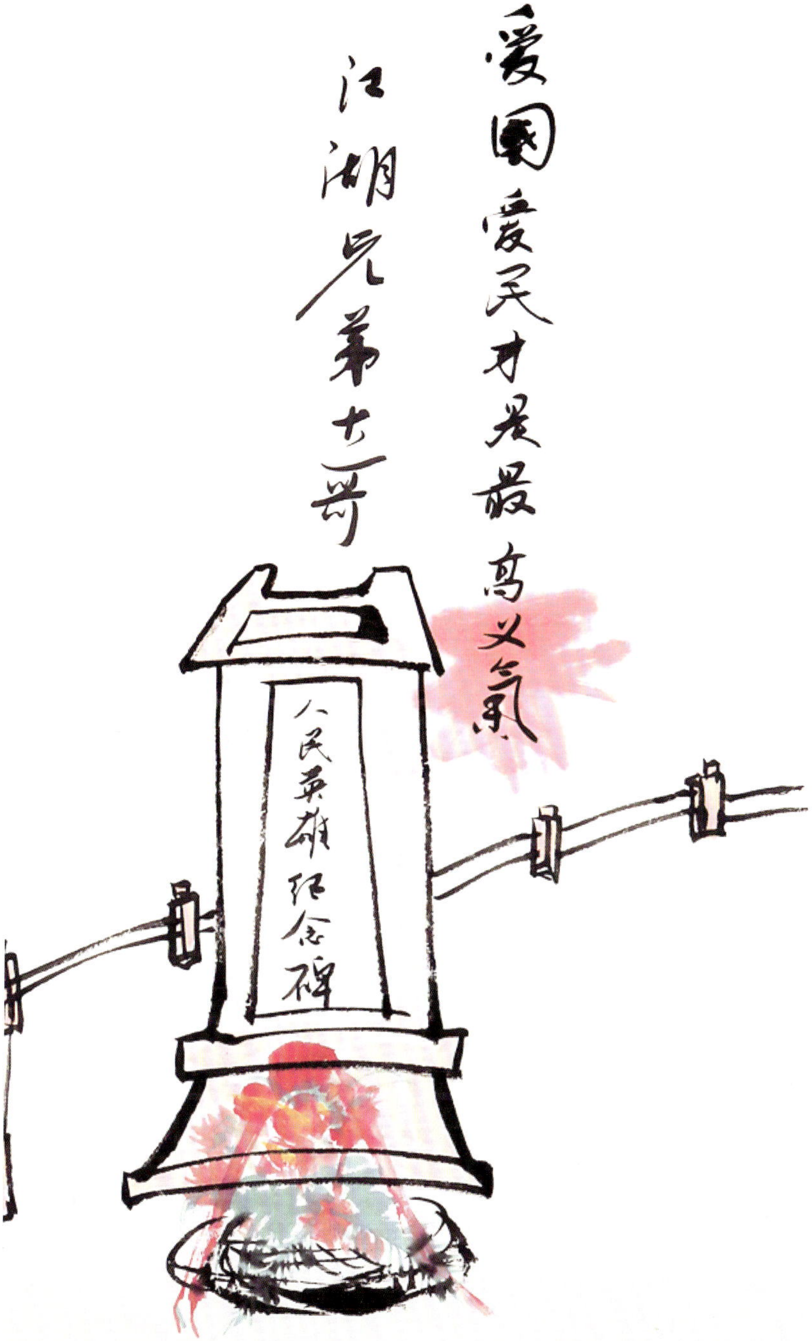
爱国爱民才是最高义气
江湖兄弟大哥
人民英雄纪念碑

与改进，减少某些环节，更加实用并且环保。他申请了专利，有了自己的品牌，这充分体现出刘总的智慧，他有了对自己辛勤劳作的保护意识。

当我拿出东莞市思想者文化创意有限公司众筹投资人企划时，他当即表态投资，于今天汇入1万元整，成为思想者文化创意有限公司第15位投资人，我对刘总表示感谢，感恩。他告诉我说：“卞总，我再发明一个产品出来，你来生产并销售。”至今我不知道是什么，但我知道它一定存在着，存在于明恒刘总的脑海中，有一天成熟时，通过我们思想和行动，让那个在脑子里的东西，变为现实。

我约见聚源知识产权黎锐先生，并追加品牌“造梦者”的类别：商务酒店类。

注册“喜乐子”品牌，用来合作或转让。

计划有序进行，“造梦者——我们毕生的事业。

刘老师今天回湖南探望妻子和女儿，并在微信发出游玩画面，点个赞，回来后将用更深激情投入我们的事业、我们的品牌“造梦者”。

张经理告诉我，老表那边事情处理很快，估计这几天就要到了。我知道这是什么吸引力？怎么样的向往。空中造梦者的“喜乐子”呼唤着大家，呼唤着我们需要的人向这边汇聚，我感觉到这个团队开始有形了。

东莞河南商会总群发出的喜讯：东莞市河南商会会长程恩波等六十位人士获评2014年“东莞好人”。记者近日获悉，由市文明办举行的2014.1至2014.8月“东莞好人”评选活动名单揭晓……

河南人的骄傲，“中国好人”的基石。

我也要报喜讯：截至今日，东莞市思想者文化创意有限公司意

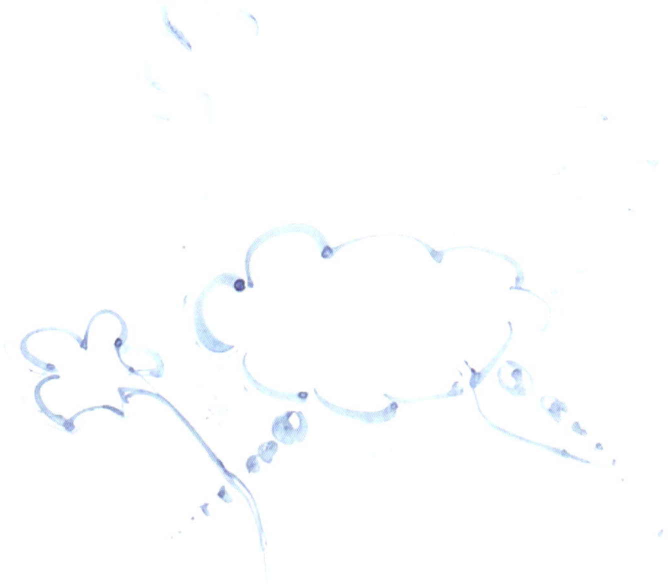

你要与雲交朋友
请教怎么由水成云

向投资人40位，实收到账资金15万元整。

今日的成就，是昨天的付出；明天的日子，决定于今天的思想与行动。

有时候你也会自问，你怎么会来到这个世界，来到这个世界目的是什么？大千世界，茫茫人海，稍不注意你就迷失或丧失自我，就像跟着大人的小孩，你要紧紧握着大人的手，生怕丢失。你的方向在哪里？你的目标在哪里？

你要首先发现自己，找到自己，听到自己内心深处的真实声音。你要向前走，整个社会，整个大自然，甚至整个宇宙都是在向前走。你必须抬头看天、看路，你必须运用进取的思想前进，坚强地迈起双脚，你需要不断造梦，不断前行。如果不断注入能量，升华思想，没人知道你会走多远，你的路会有多宽广。

你必须敬爱兄弟姐妹，结交朋友，坦然行走于天地之间。你必须与你去世祖宗思想链接，继承他们的优良思想与智慧。

孝敬自己的父母，钟爱祖国，跪拜你的祖先，接先人之灵，通天地之恩。

你必须与万物交友，用每根汗毛感知大自然气息，运用你思想的“喜乐子”与他们交接，互融互爱。

你的感知愈发敏锐，你的言行将更加谦逊。

你将返璞归真，拥有大自然的无限能量。

我的第十六位投资人郭东升先生。他在东莞南城富民商业街开了个“东升发艺”。初三时同学，我叫表哥。他是一个喜欢唱歌的人。我现在猜想，在他的内心深处，藏着一个梦，那就是歌星之梦。

结果，他却做了发型师的行业，从1994年一个外来的打工者，

不要在别人唾沫星里
游泳……

到拥有自己的发型室，经历着多少的奋斗与努力。

我十分佩服表哥的耐力与定性，在南城富民商业街东升发艺一干就是20年。而我1992年到东莞厚街也有了20个年头。有时和朋友聊天常说一句话：“我把青春都献给了东莞！”

你我都相信，东莞给我们同样的回报：“我们不凡的青春之梦想！”

当我问到东升哥的人生信仰时，他写下了一句话：“我是一切根源。”神笔，简短有力。

我把这句话写下来，配了一幅虚拟画，传给了刘昊老师。这就是“我是一切根源”的原始出处。十分感谢投资分享信仰的一句话！我有很多创意就来源于喝茶聊天。

我穿行心与心之间，感受着人间正义、信任、诚信，相信一个人，支持……这些幸福词包围着我，你将感知我的快乐，我的喜悦，我“造梦者”的动力。她是一条有生命智慧之河，前进的思想如一条金鱼。又仿如一种声音在呼唤着你，你要前行。

你的信仰是你思想的金子，智慧的蓝宝石。

她高于你的任何财富，她是你自信的动力，你生命的支柱。

你也可以给她起一个你认为最重要、最具有正能量的名字！她将引导着你，无论什么时刻、什么地方，都不会迷路。你信仰的一句来自心底的声音，她有无穷无尽生命力，她是你与外界连接的端点，人们将感到你信仰“喜乐子”的气息，具有相同气息的朋友会与你有缘相遇、相知、相伴，生命从不会孤单。你对你的信仰越虔诚、越尊重、越深爱，相同道理，你会交到同道朋友中能量比你大的朋友。

所以你要不断提高你的信仰，并拥有原有的信仰。

你像一棵大树，树连根，根连树。如果你去过江门“鸟的天

伫立于天地之间
学着开始与万物交友

堂”，看过树之家族，根的家族，那是成为“鸟的天堂”带给你的启示。

你拥有正能量信仰越多，你生命的奇迹将加速形成，你对信仰越诚越纯，你生命的花朵越鲜越艳。在众多教派学术中，你吸收你所需要的。你要懂得那是繁文缛节，那是智慧核心。多数隆重的仪式只是绚丽装扮的外表。

内行看门道，外行看热闹。

我们不要成为看热闹的跟风者，而是要运用思想与智慧，观其精华，予以吸收。你将是智者。

其实核心就是：“我是一切根源。”

我用了这么多话将其包装。

东升这几年都没联系了，由于更换手机，没他的号码。有时到东莞经过他的店门口，看到他忙碌的身影，就没去打扰。看到他就够了。

那天我接到表哥的电话，好多年不见我们聊了很久。我就给他讲我的众筹投资人的事，他说：“改天我到你那里看看。”

今天下午，东升哥和两位做养生的朋友周总、何小姐一同到我公司。坐下后拿出了1万元现金递给了我。当时在场的还有在河田做中底板生意的锦祥赵总、赵国友先生。我之所以这样写，下面一件事情与赵总有关。

我们泡茶聊天。谈论话题就是养生与书。

我十分赞同他们养生的一些观点与看法，但我道出我对养生的另外想法。

养生先养思想。

你的思想一定要处于快乐与开心的状态，你的思想里没有压抑、烦恼、忧虑等症状时，你生病的几率就很小。那怎么才能够

跪拜祖宗

感恩生命有你

你是家族、新星

真实的精神、财

富继承人

24小时开心呢？这是我这两年一些心法，就分享给大家：一天分为24小时，你的高兴基点一定要超过12小时以上，并不断进行人生修炼与增加，你持续精神快乐时间越长，你的健康基数也就越高。

怎样才能保证12小时以上的快乐并不断增加？首先要解决睡觉前心态，快乐的睡法，你可以找到优美的词背诵着睡去，并在醒来时第一件事默念这些词。然后感谢早晨的阳光、清新的空气，感谢你今天上午遇到的第一个人……你可以自由增加词语。12个小时轻而易举地保证良好的精神，你的“欢乐子”将会逐渐增多，我们叫健康的“欢乐子”。那你生病几率减少百分之八十到九十。

比如我们的赵总，他就很少生病，为什么？我和赵总是商业朋友，我们却很少在一起，聊到家庭及健康，我只是推理。这一年来我从未到赵总公司收过款，都是赵总亲自开车送来的，赵总今天来就是送9月份货款，赵总并不只是对我们公司这样，所有供应商都是亲自送过去。赵总这方面是我学习的楷模。在东莞这个经济圈里，就有这样一位老板，虽然有时钱不多。但每当收到赵总给的货款，他的精神价值远不止这些。

赵总承认他几乎不要看医生。

这样的人，怎么会生病？

我并不是讲我们生病时不看医生，而是保持良好的心态超越吃服某些保健品，养生品，并减少生病的机会。

“那这样讲为什么还有这么多病人？”何小姐问道。

我说：“那是因为病是以前不好心情及某种不良习惯累积形成的，并且很多没有做到24小时一直开心状态和改变自己的不良习惯。大家以后都要时刻保持开心状态。”

“那照你这么说很多医院要关门了！”

我说：“会减少的。”

你要与星星
交朋友
他是宇宙智慧
蓝宝石
一颗星一个造梦
者的创意

我又分享了一句话："当你不拜佛时，是佛祖最大的心愿。"

反过来："医生的最大心愿：无病可医。"

我们互换名片，成了微信朋友。我十分感谢东升表哥成为我的投资者，感谢赵总这位了不起的商人，成为我学习某种精神的楷模。

我在这里还是要说；"如果生病了，要去看医生，我们保持开心愉悦状态，会加速病情好转，如果达到赵总某些状态，你将会很少几乎不用去医院。

今天是一个美好的日子。感谢今日，感谢今天的86400秒，每一秒都很精彩，每一瞬间都将会降生奇迹。你的醒悟就在一瞬间，当苹果掉在牛顿头上时，就诞生一个伟大的物理定律

当我们书中的一句话、一幅画、一个意境有一种对你有所帮助，成为你心中默念词语，成为你力量爆发的引燃点，创造你心灵的火花，你花100元买这本书，那就是最值得的事情。我想起我求知时的真心渴望，为了听某一个演讲，我从厚街驱车去深圳机场买正版的碟子，就一本碟子它对我的影响，将是一生。我把它放在我的车上反复地听，直到听出感觉，融进我的潜意识，并成为我的生活习惯。

让好的东西成为你的习惯，需要反复的穿透性理解与省悟。

你学的知识并不等于智慧，悟出的道理才是自己的。

如果你有思想，运用你的思想驱动事情的发展，思想力面前人人平等。如果你用否定的语言，别人还没有质疑时，你已经把自己打败。你是强者，你的生命你来主宰。

你驱动思想与行动的巨轮，你将开辟新的道路。

你是你生活的主角。

你是造梦者

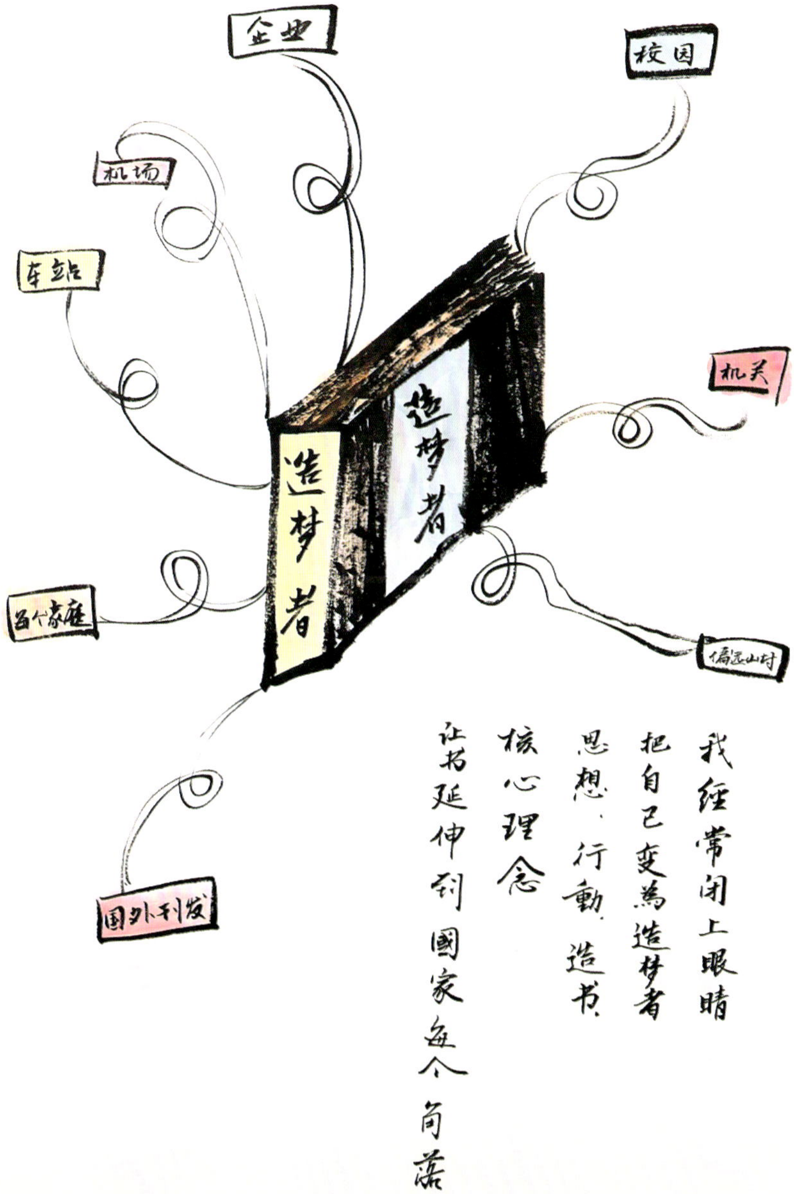
企业
校园
机场
车站
机关
造梦者
造梦者
每个家庭
偏远山村
国外刊发
我经常闭上眼睛
把自己变為造梦者
思想、行動、造书、
核心理念
让书延伸到國家每个角落

造夢者

一滴海水具有海水所有特质、你与社会能量無限链接……

有為者

你发现你也是大自然与人
美、智慧连接体
为宇宙智慧代言人

思想者
行動者
劉昊書
劉昊書